美将我们俘虏，
更美将我们释放

顾非熊 著

中国极具唯美意境的
唐诗 精选集

北京联合出版公司
Beijing United Publishing Co.,Ltd.

前言

在有限的岁月里，读一些好诗。

这本书收集的诗是完全以美为标准的。

中国古诗浩淼繁多，我们不想取其全而舍其美——美是一种珍贵的存在，最终，通过熊老师的精心挑选，集结成了这一本诗集。

美是有不同层次的，细小的、琐碎的、庸俗的美，是禁锢我们的绳索，沉醉于此，难以自拔，就很难再有更深的体悟。

而大美无言，是天地之广阔，我们身处其中，可感受自身之渺小与生命之自由。

我们读诗，常以它们能抒发自己的感情而畅快，浪漫旷达如李白，沉郁悲怆如杜甫，他们仿佛早已经历了我们正在经历的事情，看过我们正在看的风景，明月千百年未曾改变，而人与世界早已沧海桑田。读诗就成了我们接近他们最直接的途径。一轮明月，一盏淡茶，一汪清泉，一阵秋风，我们感受自己的生活，也借由古诗，与他们心灵交汇。

诗不同于其他文学形式，它短小，易读，也易于流传。这也是至今我们还在学习古诗、背诵古诗、热爱古诗的原因之一。

在逐渐浮躁的阅读环境里，大家忙于浏览各种有效信息，很难再找到纯粹的、诗意的阅读感受了。但古诗的美好，是更加适合在时间严重碎片化的当下来阅读体验的。一首诗，短短几行，占用极少的时间，却能给我们带来极长久的思考和美感体验。

从编辑的角度，我希望这是一本可以随身携带的随时拿出来读的书。城市里繁忙急促的步伐催促着我们前进，留给自己的时间已经很少了，希望这本书可以让我们找到一个灵魂的栖身之所。不论是在人潮拥挤的地铁里，还是在偶有闲暇的午后咖啡馆里，翻开它就可以获得一些安静的、从容的滋养和力量。

小说里藏有一个民族的灵魂，诗里则有这个民族各人的喜怒哀乐。

周乔蒙

目 录

x

送杜少府之任蜀州[1]

王　勃

城阙辅三秦，风烟望五津。[2]
与君离别意，同是宦游人。[3]
海内存知己，天涯若比邻。[4]
无为在歧路，儿女共沾巾。[5]

❖ 诗人小传

　　王勃（650—676），字子安，"初唐四杰"之一。如果不看文学成就，那么王勃给人的印象只不过是一个轻狂放浪、任侠使气、喜欢斗鸡走狗的纨绔子弟。王勃少年得志，不到20岁就担任了朝廷官职，还被沛王委任为王府修撰。当时各王府流行斗鸡，王勃以玩笑的口吻写了一篇檄文，代沛王的鸡声讨英王的鸡。这种不加检点的做派让唐高宗大为光火，他将王勃逐出了沛王府。但王勃并没有因为这个挫折而变得沉稳一些，不久又惹下了一桩麻烦。他先是藏匿了一名犯有死罪的官奴，后来害怕走漏消息，竟然杀了那名官奴灭口。事情败露之后，王勃论罪当斩，幸好遇到朝廷大赦；但王勃的父亲受此牵累，被贬为交趾县令，行近流放般地到大唐最南端的瘴疠之地赴任去了。王勃在南下交趾探望父亲的途中溺水受惊而死，年仅27岁。

王勃的诗歌以《送杜少府之任蜀州》最负盛名，内容虽然只是纨绔子弟未经世事的豪言壮语，但这样的内容一经王勃天才过人的文学才华点染出来，让读者觉得那洒脱的侠情背后竟有一种波澜壮阔的宏伟气象。

◉ **注讲**

[1]王勃当时在首都长安供职，一位杜姓友人从长安外放到蜀州（四川），王勃作此诗为好友送别。少府：官名，当时通称县尉为少府。之任：赴任，"之"是"去"的意思。

[2]阙：宫门两旁的望楼。辅：护持，夹辅。三秦：项羽分封诸侯时，将秦国故地分为三个诸侯国，后人称之为"三秦"，泛指长安（西安）及其周边地带。

五津：当时流经蜀州的岷江当中有五个渡口，名为白华津、万里津、江首津、涉头津、江南津。杜少府此次从长安赴蜀，当会沿岷江依次行经这五个渡口。

[3]宦游：为做官而奔走。

[4]海内存知己，天涯若比邻：化用自曹植《赠白马王彪》

诗："丈夫志四海，万里犹比邻。"

[5]无为在歧路，儿女共沾巾：前两句"海内存知己，天涯若比邻"以大丈夫彼此期许，这里以豁达姿态承接上文，说不要在送别分手之处像小儿女一般伤心哭泣。沾巾：即泪水沾巾。

◎ **名句**　*海内存知己，天涯若比邻。*

相和歌辞·白头吟 [1]

刘希夷

洛阳城东桃李花，飞来飞去落谁家？
洛阳女儿惜颜色，坐见落花长叹息。
今年花落颜色改，明年花开复谁在？
已见松柏摧为薪，更闻桑田变成海。
古人无复洛城东，今人还对落花风。
年年岁岁花相似，岁岁年年人不同。[2]
寄言全盛红颜子，应怜半死白头翁。
此翁白头真可怜，伊昔红颜美少年。
公子王孙芳树下，清歌妙舞落花前。
光禄池台文锦绣，将军楼阁画神仙。
一朝卧病无人识，三春行乐在谁边？
宛转蛾眉能几时？须臾鹤发乱如丝。
但看古来歌舞地，唯有黄昏鸟雀悲。

❖ 诗人小传

　　刘希夷（约651—约678），字延之（一作"庭芝"），擅弹琵琶，擅写闺情，诗风婉转感伤，代表作为《白头吟》（又名《代悲白头翁》）。刘希夷写诗喜欢学习古代的风格，与当时的主流审美趣味不相符合，所以并不被诗坛推崇。艺术水平的高低与作品的流行与否并没有直接的关系，一个时代的主流审美趣味才决定着一位诗人是当红还是寂寥。好在刘希夷性格开朗，不拘小节，对自己被主流诗坛边缘化并不介怀，照旧饮酒弹琵琶。正因为刘希夷在诗坛的边缘地位，所以他写出来的佳句几乎被舅舅宋之问窃夺了去。刘希夷虽然保住了自己的诗句，却因此而丢掉了性命。（事情详见【名句】之下的注讲。）

◉ 注讲

　　[1]相和歌辞·白头吟：汉乐府旧题，这个题目底下原本的词句是描写女子决绝于负心男子，刘希夷虽然沿用了汉乐府旧题，却改变了其内容，咏叹年华易老，富贵无常。

　　[2]诗歌至此以上均脱胎于汉乐府《董娇娆》：洛阳城东路，桃李生路旁。花花自相对，叶叶自相当。春风东北起，花叶正低昂。不知谁家子，提笼行采桑。纤手折其枝，花落何飘飏。请谢

彼姝子，何为见损伤？高秋八九月，白露变为霜。终年会飘堕，安得久馨香？秋时自零落，春月复芬芳。何时盛年去，欢爱永相忘？吾欲竟此曲，此曲愁人肠。归来酌美酒，挟瑟上高堂。

◇ **名句** [1]今年花落颜色改，明年花开复谁在？

[2]年年岁岁花相似，岁岁年年人不同。

当刘希夷写出"今年花落颜色改，明年花开复谁在"之后，感叹这两句是不祥的谶语，匆匆将之删掉，但他随后又吟出"年年岁岁花相似，岁岁年年人不同"的时候，发觉仍是不祥的句子，于是感慨道："死生有命，难道这些虚言就可以定人生死吗？"便将这两联一起保留了下来。刘希夷的舅舅宋之问也是一个有名的诗人，特别喜欢"年年岁岁花相似，岁岁年年人不同"这两句诗。宋之问知道刘希夷还不曾把这两句诗告诉别人，便请他将这两句诗转给自己。刘希夷答应了舅舅的要求，却还是照原样公布了自己的作品。宋之问大怒，派家丁用土囊压死了刘希夷。刘希夷死时还不到而立之年，果然应了自己写下的诗谶。

登幽州台歌[1]

陈子昂

前不见古人，后不见来者。[2]

念天地之悠悠，独怆然而涕下。

❖ 诗人小传

陈子昂（661—702），字伯玉，生于富豪之家，少年时不喜读书，只喜欢打猎、赌博、打抱不平，后来痛改前非，折节读书，入朝为官后屡屡上书言事，切中时弊，也因此而深深触怒了权贵。圣历初年，陈子昂卸职回乡，因被县令段简讹诈钱财而死于冤狱，终年42岁。陈子昂写诗多作古体，磅礴大气，《登幽州台歌》是其代表作。

在陈子昂的时代，诗坛风气仍然不脱六朝绮靡的余风，但人们的趣味正在悄然改变。陈子昂可说是在这个诗风的转折点上应运而生的。他创作出《感遇》三十首之后，当时的文化名流王适读之大惊说："这位先生将来一定是文坛宗主。"陈子昂因此声誉鹊起，很多人追慕、模仿他的风格。陈子昂只写雅致古朴而缺乏声律变化的古体诗，后来李白就是继承了陈子昂的这一路线。唐代诗人大多喜欢新兴的近体诗，陈子昂和李白是专攻古体诗的诗人中最耀眼的两个。

⊙ 注讲

[1] 幽州台：即蓟北楼，遗址在今北京。武则天万岁通天元年（696），武攸宜率军讨伐契丹，陈子昂担任随军参谋。武攸宜连连兵败，陈子昂多次献计，非但得不到重视，反而被贬为军曹。陈子昂忧愤之下，登蓟北楼远眺抒怀，写下了这首《登幽州台歌》。

[2] 古人：与自己精神相通的前贤。来者：与自己精神相通的后贤。

相和歌辞·春江花月夜[1]

张若虚

春江潮水连海平，海上明月共潮生。

滟滟随波千万里，何处春江无月明！

江流宛转绕芳甸，月照花林皆似霰。[2]

空里流霜不觉飞，汀上白沙看不见。

江天一色无纤尘，皎皎空中孤月轮。

江畔何人初见月？江月何年初照人？

人生代代无穷已，江月年年只相似。

不知江月待何人，但见长江送流水。

白云一片去悠悠，青枫浦上不胜愁。

谁家今夜扁舟子，何处相思明月楼？

可怜楼上月裴回，应照离人妆镜台。[3]

玉户帘中卷不去，捣衣砧上拂还来。[4]

此时相望不相闻，愿逐月华流照君。

鸿雁长飞光不度，鱼龙潜跃水成文。[5]

昨夜闲潭梦落花，可怜春半不还家。

江水流春去欲尽，江潭落月复西斜。

斜月沉沉藏海雾，碣石潇湘无限路。

不知乘月几人归，落月摇情满江树。

❖ 诗人小传

张若虚（约647—约730），曾任兖州兵曹，与贺知章、张旭、包融合称"吴中四士"，诗歌仅存两首，却因其中《春江花月夜》一首而跻身一流诗人之列。唐代初年的诗坛仍然受到齐梁宫体诗淫靡、矫饰风气的影响，张若虚的《春江花月夜》虽然仍在宫体诗的大范围里，却彻底扭转了齐梁风格，使宫体诗至此脱胎换骨，故而闻一多在《宫体诗的自赎》里称之为"诗中的诗，顶峰上的顶峰"。

◎ 注讲

[1]相和歌辞·春江花月夜：乐府旧题，属于清商曲之吴声歌，相传为陈后主所创。

[2]芳甸：长满花草的原野。霰（xiàn）：雪粒。

[3]裴回：即徘徊。

[4] 捣衣砧（zhēn）：“砧”是捣衣石。捣衣是古代诗歌的常见主题。秦汉以来，士兵的武器装备和粮食一般由国家统一供应，衣服则多属自备，所以每当秋风起时，家人就要准备好换季的衣服寄到前线，所以每年秋季都是女子捣衣的时间，这正是李白《子夜吴歌》之三所描写的：“长安一片月，万户捣衣声。秋风吹不尽，总是玉关情。何日平胡虏，良人罢远征。”

衣服要“捣”，与其质地有关。今人对“布”的概念主要是棉布，是用棉花纺织而成的；而追溯到古代，植棉业直到宋代才开始发展起来，棉布衣服的流行要到元代才有。在此之前，棉花罕见而珍贵，海南黎族甚至把棉布当作贡品献给汉武帝。在棉花大行其道之前，中国最主要的纺织原料是葛、麻和丝，那时候人们说的“布”主要就是指葛织品。葛是在山里野生的，要把它割下来用水煮后才能用于织布。

精加工的葛布为绤（chī），粗加工的葛布为绤（xì），因为吸汗透气，很适合夏天贴身来穿，类似于今天的纯棉内衣。孔子就是这么穿的——《论语·先进》中有“当暑，袗绤绤，必表而出之”，这就是说孔子一到夏天就穿上绤和绤的衣服，但这是内衣，不能穿出去见人，所以外出时还得再罩一件单衣。《国风·邶风·绿衣》中还有“绤兮绤兮，凄其以风”，这是说绤和绤的衣服都很单薄，天冷之后就没法御寒了。

葛布和麻布不如棉布柔软，也不平整，所以穿起来并不舒

11

服，也不便裁剪，这才需要在穿之前用杵捣得柔软、平整。衣物平放在砧板上，用杵反复捣击，于是每逢入秋，凡有征人在外者，家家户户都开始捣衣，满城砧声一片。

[5]鱼龙潜跃水成文："文"的本义是花纹、纹理，这里用其本义。

◇ **名句** 春江潮水连海平，海上明月共潮生。

望月怀远 [1]

张九龄

海上生明月，天涯共此时。

情人怨遥夜，竟夕起相思。[2]

灭烛怜光满，披衣觉露滋。[3]

不堪盈手赠，还寝梦佳期。[4]

❖ 诗人小传

张九龄（678—740），字子寿，唐玄宗时代的名相，后为奸臣李林甫所谮而被贬为荆州长史。张九龄的诗风刚健淳厚，就算是写男女相思之情也写得雅正冲淡，不落小儿女态。

张九龄是韶州曲江（今广东韶关）人，韶州在唐代被人看作蛮荒瘴疠之地，文教水平更是极端落后，而张九龄正是在这样的生活背景下脱颖而出，不但在政治上位极人臣，在文学上也成为一代宗师。人们称誉张九龄是"岭南第一人"，丝毫不过誉。

[1]怀远：思念远方之人。

[2]情人：多情之人，并非现代汉语里"情人"的意思。

[3]怜：怜惜爱怜。滋：浸润。

[4]寝：寝室。这两句是说月光虽然可喜，却没办法掬一捧送给思念中的远方之人，只好回到寝室，希望彼此能在梦中相会。

◇ **名句**　海上生明月，天涯共此时。

赋得自君之出矣[1]

张九龄

自君之出矣，不复理残机。[2]
思君如满月，夜夜减清辉。[3]

⊙ **注讲**

[1]赋得自君之出矣："自君之出矣"本为乐府旧题，内容多写思妇怀夫。诗人摘取旧题写作新章，故称"赋得"。这首诗一说为辛弘智所作，词句略有出入："自君之出矣，梁尘静不飞。思君如满月，夜夜减容晖。"

[2]机：织布机。这两句是说丈夫出门已经太长日子了，寂寞的女主人很久都没有上机织布了。

[3]思君如满月，夜夜减清辉：所谓水满则溢，月盈则亏，月亮一到满月的时候，从此每天都会缺损一些，直到下一个圆缺周期为止。女主人思念远行的丈夫，因而日渐消瘦，就像满月日日减损一般。

◈ **名句**　思君如满月，夜夜减清辉。

登鹳雀楼[1]

王之涣

白日依山尽，黄河入海流。

欲穷千里目，更上一层楼。

❖ 诗人小传

王之涣（688—742），字季凌，年轻时很有侠气，喜欢击剑、打猎，生活放荡不羁，后来折节读书，以诗歌博取了很高的声誉。关于王之涣的诗歌在当时受欢迎的程度，有一则《旗亭画壁》的故事：唐玄宗开元年间，诗人王昌龄、高适、王之涣齐名，一日三人到酒楼小酌，正巧梨园主管带着十几名弟子也来会饮，三位诗人便悄悄避开，在旁边偷看她们的歌舞。三位诗人约定："我们都是诗坛名人，但一直不分高下，正好趁这个机会，看看她们唱谁的诗最多，谁就算第一。"先有一名歌女唱道："寒雨连江夜入吴，平明送客楚山孤。洛阳亲友如相问，一片冰心在玉壶。"王昌龄便在墙上画了一道，说："这是我的诗。"第二名歌女唱道："开箧泪沾臆，见君前日书。夜台今寂寞，独是子云居。"高适在墙上画了一道，说："这是我的诗。"第三位歌女唱道："奉帚平明金殿开，且将团扇暂裴回。玉颜不及寒鸦色，犹带昭阳日影来。"王昌龄又伸手画壁，说道："这还是我的诗。"王之涣自以为成名已久，见没人唱自己的诗，便对王昌龄、高适说道："这些歌女都是潦倒乐官，所唱的不过是下里巴人之词，而阳春白雪之作则不是这等庸俗脂粉胆敢接近的。"于是便指着歌女中最美的那个道："咱们等着听她唱什么，如果她唱的不是我的诗，我一辈子不再与你们二位争胜；如果是我的诗，你们二位就该拜我为师。"很快便轮到那名头上梳着双鬟的最美女子歌唱，她唱的正是王之涣的诗："黄河远上白云间，一片孤城万仞山。羌笛何须怨杨柳，春风不度玉门关。"王之涣便揶揄起王昌龄和高适来，不觉大笑出声，惊动了那些伶人。三位诗人便把来龙去脉讲述了一遍，伶人们竞相礼拜道："俗眼不识神仙，请三位加入我们的宴席！"三人依言，饮醉竟日。

◎ 注讲

[1] 鹳雀楼：旧址在山西蒲州，是唐代的登临胜地。据沈括的《梦溪笔谈》记载，唐人在鹳雀楼的登临之作只有三篇最能摹写其景，除王之涣这首《登鹳雀楼》之外，一是畅当的《登鹳雀

楼》："迥临飞鸟上，高出世尘间。天势围平野，河流入断山。"一是李益的《同崔邠登鹳雀楼》："鹳雀楼西百尺樯，汀洲云树共茫茫。汉家箫鼓空流水，魏国山河半夕阳。事去千年犹恨速，愁来一日即为长。风烟并起思归望，远目非春亦自伤。"

◎ **名句** 欲穷千里目，更上一层楼。

凉州词

王之涣

黄河远上白云间，一片孤城万仞山。
羌笛何须怨杨柳，春风不度玉门关。[1]

⊙ 注讲

[1]羌笛何须怨杨柳：典出乐府《横吹曲辞·折杨柳歌辞》："上马不捉鞭，反折杨柳枝。蹀座吹长笛，愁杀行客儿。""柳"谐音"留"，故而古人有折柳送别的风俗，以唐代最是盛行。唐代长安城外的霸陵多种柳树，霸陵折柳送别堪称长安当时一景。

春风不度玉门关：《后汉书·班超传》中有"不敢望到酒泉郡，但愿生入玉门关"，玉门关是西北极边之地，诗人以"春风"暗指朝廷的恩泽，所谓"春风不度玉门关"实是暗指戍边将士得不到朝廷的关心，久在边塞而不得还乡。

◇ **名句** 羌笛何须怨杨柳，春风不度玉门关。

与诸子登岘山[1]

孟浩然

人事有代谢，往来成古今。

江山留胜迹，我辈复登临。

水落鱼梁浅，天寒梦泽深。[2]

羊公碑字在，读罢泪沾襟。[3]

❖ 诗人小传

孟浩然（689—740），唐代五言诗的名家，在襄阳鹿门山中隐居度日。李白很仰慕他，在《赠孟浩然》诗中称："吾爱孟夫子，风流天下闻。红颜弃轩冕，白首卧松云。"其实孟浩然的隐居并不由衷，只是屡屡求官却屡屡失意的结果。孟浩然40岁的时候曾到长安与名士们交游，一次在秘书省与众人联句作诗，吟出"微云淡河汉，疏雨滴梧桐"，满座叹服，没人再敢继续联句下去。开元末年，大诗人王昌龄到襄阳拜访孟浩然，孟浩然兴奋之中不顾病后需要忌口，吃生鱼发病而死。孟浩然的诗风闲适淡薄，颇得陶渊明的意趣。

⊙ 注讲

[1]诸子：诸先生。岘（xiàn）山：又名岘首山，襄阳名胜。

[2]鱼梁：即鱼梁洲，汉代著名隐士庞德公隐居于此，孟浩然素慕庞德公的为人。梦泽：在洞庭湖北岸一带，古时有云、梦二泽，并称云梦泽。

[3]羊公：指晋人羊祜。据《晋书·羊祜传》，羊祜坐镇荆襄阳之时常常到岘山上饮酒赋诗，并一度对同游者慨叹说："自有宇宙以来便有此山，而自古以来，贤者胜士如我们一般在这里登临玩赏的也不知有多少人，全都湮灭无闻，使人悲叹。"羊祜死后，襄阳人士感激他的德政，在岘山为他立庙树碑，望其碑者莫不流泪，故而这块石碑又名堕泪碑。

◈ **名句**　人事有代谢，往来成古今。

望洞庭湖赠张丞相[1]

孟浩然

八月湖水平，涵虚混太清。[2]
气蒸云梦泽，波撼岳阳城。
欲济无舟楫，端居耻圣明。[3]
坐观垂钓者，徒有羡鱼情。[4]

⊙ 注讲

[1]这是一首标准的干谒诗。所谓干谒诗，是士人作诗投赠于权贵之门，恳请后者的援引。唐玄宗开元二十一年（733），孟浩然游于长安，以这首诗投赠宰相张九龄，诗题中的"张丞相"即张九龄。

[2]涵虚混太清：即涵纳虚空，混于太清。太清：天空。这句形容水天一色，浑然莫辨。

[3]欲济无舟楫，端居耻圣明：这两句是说自己想要渡水却没有舟楫可用，若继续像现在这样平居闲处则有愧于这个圣明之世。在儒家传统里，有所谓"天下有道则见，无道则隐"，身处有道盛

世，士人不出来做官，不出来为社会服务，就是不应该的。

[4]坐观垂钓者，徒有羡鱼情：语出《淮南子·说林训》："临河而羡鱼，不若归家织网。"孟浩然以布衣之身看着官场仿佛正是临渊而羡鱼，渴慕之情溢于言表。

◎ **名句** 气蒸云梦泽，波撼岳阳城。

《望洞庭湖赠张丞相》不过是一首穷形尽相的干谒之作，格调不高，但描写洞庭湖的这一联堪称千古壮观，既是写景的第一等笔法，亦大见盛唐气象。《新唐书》本传与《唐摭言》记载过一则故事，说王维在皇宫待诏时曾经偷偷地邀请孟浩然进来切磋诗艺，没想到唐玄宗突然驾到，王维慌忙之中将孟浩然藏到床下，但见到玄宗之后又不敢隐瞒。玄宗并未责怪王维，还说自己一向听说过孟浩然的名望，今天正好一见。孟浩然出来拜见玄宗，承旨吟诵自己的新作，当吟到"不才明主弃，多病故人疏"的时候，玄宗不悦道："是你自己不求做官，我何曾抛弃过你？"于是下旨放孟浩然还山。《唐诗纪事》的说法略有不同，孟浩然是受宰相张说的推荐拜见玄宗，吟诗后玄宗不悦道："是你自己不求做官，我何曾抛弃过你？你为何不吟'气蒸云梦泽，波撼岳阳城'呢？"

送魏万之京[1]

李 颀

朝闻游子唱离歌，昨夜微霜初渡河。[2]

鸿雁不堪愁里听，云山况是客中过。[3]

关城树色催寒近，御苑砧声向晚多。[4]

莫见长安行乐处，空令岁月易蹉跎。[5]

❖ **诗人小传**

李颀（690—751），开元二十三年（735）进士，担任过新乡县尉。李颀性格疏狂狂浪，对时政缺乏兴趣，一心想要修炼成仙，当时的社会名流们反而因此很看重他。李颀的诗风如他的性格一般，狂放豪纵，不拘小节，音调铿锵有力。他还擅长写玄理诗，可惜存世之作不多。

◉ **注讲**

[1] 魏万：后改名为魏颢，以魏颢这个名字而知名。魏颢也是

一位诗人，据他自己说是"平生自负，人或为狂"。魏颢极度仰慕李白，曾经千里追踪李白的足迹；李白也很欣赏魏颢，委托他编辑自己的诗文，还写过一首长诗《送王屋山人魏万还王屋》送给他，其中描绘魏颢的形象："身著日本裘，昂藏出风尘。五月造我语，知非僬侥人。相逢乐无限，水石日在眼。徒干五诸侯，不致百金产。"魏颢是李颀的晚辈，李颀当时或在洛阳，魏颢将要辞别李颀前去京城长安，李颀写这首诗相送。

[2]离歌：告别之歌，一作骊歌。据《大戴礼记》，客人在辞别主人的时候歌咏《骊驹》。

[3]鸿雁不堪愁里听，云山况是客中过：听，这里读去声tìng；过，这里读阳平声guó。这是古音的读法，律诗在用字上对平仄要求极严，"听"这个位置必是仄声字，"过"这个位置必是平声字，否则就会大大破坏诗歌的韵律感。

[4]砧声：捣衣的声音。民俗以秋日捣衣，所以这里以砧声暗示节令。参见张若虚《春江花月夜》注讲[4]。

[5]令：依古音应当读阳平声líng。

◎ **名句** 鸿雁不堪愁里听，云山况是客中过。

芙蓉楼送辛渐（二首之一） [1]

王昌龄

寒雨连江夜入吴，平明送客楚山孤。 [2]

洛阳亲友如相问，一片冰心在玉壶。 [3]

❖ 诗人小传

王昌龄（698—约757），字少伯，开元十五年（727）进士，因为不拘小节的性格而影响了仕途的发展。安史之乱爆发之后，王昌龄趁乱回乡，而刺史闾丘晓与王昌龄有怨，公报私仇杀了他。幸好天道好还，后来闾丘晓犯了军法，顶头上司张镐要杀他，闾丘晓以父母年老、需要奉养为名请求宽恕，张镐说："王昌龄的父母有谁奉养呢？"闾丘晓闻言大惭，只有一死。

王昌龄擅写七言绝句，风格明快爽朗，在当时便很有诗名，被称为"诗家夫子王江宁"。"夫子"在当时已经特定成为对孔子的尊称，所以"诗家夫子王江宁"的称谓是把王昌龄当作诗坛上的孔子。

⊙ 注讲

[1]芙蓉楼：旧址在今天江苏镇江附近。辛渐，王昌龄的好友。当时王昌龄任江宁（今南京）丞，距离镇江不远。《芙蓉楼送辛渐》共有两首，第二首虽然略有逊色，但也颇可观："丹阳城南秋海阴，丹阳城北楚云深。高楼送客不能醉，寂寂寒江明月心。"

[2]寒雨连江夜入吴，平明送客楚山孤：吴、楚在修辞上称为互文，这一联其实是说"寒雨连江夜入吴楚，平明送客吴楚山孤"，如同《木兰辞》"当窗理云鬓，对镜贴花黄"其实是说"当窗对镜理云鬓贴花黄"。吴、楚，泛指江南。

[3]一片冰心在玉壶：表示自己清廉的操守。"玉壶冰"在当时已是一个经典的比喻，晋代便有陆机《汉高祖功臣颂》"心若怀冰"，后有鲍照《代白头吟》"直如朱丝绳，清如玉壶冰"。唐代名相姚崇写过《冰壶诫》，序文中说："内怀冰清，外涵玉润，此君子冰壶之德也。"成语"冰清玉洁"就是出自这里。

◈ **名句** 洛阳亲友如相问，一片冰心在玉壶。

山居秋暝[1]

王　维

空山新雨后，天气晚来秋。

明月松间照，清泉石上流。

竹喧归浣女，莲动下渔舟。

随意春芳歇，王孙自可留。[2]

❖ 诗人小传

　　王维（701—761），字摩诘，以诗、书、画擅名当世，人称"诗中有画，画中有诗"。王维的名和字取自佛教《维摩诘经》中的维摩诘居士。《维摩诘经》是一部在佛教史上具有革命意义的大乘经典，经书的主人公维摩诘居士是一名富可敌国的财主，为人们阐述了一种崭新的佛学见解：虽有万贯家财却无贪念，虽有妻妾成群却无淫欲，这才是真正的菩萨行，真正的成佛之道。所以这部经典很受那些既想修成正果，又想尽情享受现世财富的帝王将相、王公贵人的喜爱，王维便是其中的一员，过着和维摩诘居士极其相似的生活，半官半隐，在有充足物质保障的基础上，在庄园经济下的私家别墅里尽享山水田园的"野趣"和"禅意"。文学史上有人把王维当作陶渊明田园诗风的继承者，这是十足的误解。王维诗歌的艺术水平并不在陶诗之下，但与陶是"真璞"与"伪璞"之别。

◎ **注讲**

[1]暝（míng）：天色昏暗。

[2]随意春芳歇，王孙自可留："随意"在唐宋人口语里是"尽管"的意思，不同于现代汉语里的"随意"。这一联是说尽管春华已逝，但山间风物仍是这样宜人，士人自可留在山里隐居。

"王孙"一词是沿用周代的说法，周代分封建国，周天子之子称王子，之孙称王孙，诸侯之子称公子，之孙称公孙，都是贵族子弟。后人以"王孙"一词泛指士人或知识分子。汉代淮南小山写过《招隐士》，诗中有名句"王孙兮归来，山中兮不可以久留"，是为淮南王刘安招隐士之词。王维这一联就像是隐士对淮南小山的回答，反其意而说，暗寓自愿归隐山林的意思。

◇ **名句** 明月松间照，清泉石上流。

夷门歌[1]

王 维

七雄雄雌犹未分，攻城杀将何纷纷。

秦兵益围邯郸急，魏王不救平原君。

公子为嬴停驷马，执辔愈恭意愈下。

亥为屠肆鼓刀人，嬴乃夷门抱关者。

非但慷慨献良谋，意气兼将身命酬。

向风刎颈送公子，七十老翁何所求。

⊙ **注讲**

[1] 夷门歌：全诗是以诗歌语言概述战国时期信陵君和侯嬴的一段故事。战国时代，七雄相争，战乱未已。（七雄雄雌犹未分，攻城杀将何纷纷。）侯嬴是魏国隐士，年已七十，做大梁夷门的看门人。魏无忌是魏国贵族，受封为信陵君，战国时期著名的"四公子"之一。魏无忌听说侯嬴是一位贤士，便带厚礼前去造访，侯嬴却说："我修身洁行数十年，不能因为贫穷而接受公子的财物。"魏无忌于是大摆酒宴款待宾客，待宾客们就座之后，

他却带着车马，空出左边的尊位，亲自去夷门请侯嬴赴宴。侯嬴整了整破旧的衣帽，上了车，并不谦让，想借此观察魏无忌的态度，只见魏无忌手握缰绳，亲自驾车，神色越发恭敬。（公子为嬴停驷马，执辔愈恭意愈下。）侯嬴便对魏无忌说："我有个朋友在市场上做屠夫，我想去见他一下。"魏无忌果然如他所请。侯嬴见到屠夫朱亥之后，旁若无人地聊了很久，魏无忌却毫不介意。（亥为屠肆鼓刀人，嬴乃夷门抱关者。）后来秦昭王在长平之战中大败赵国，进而围困赵国的都城邯郸。魏无忌的姐姐是赵国贵族平原君的夫人，连连写信给魏王和魏无忌，请他们发兵救赵。但魏王畏惧秦国，不敢用兵。（秦兵益围邯郸急，魏王不救平原君。）魏无忌用了侯嬴的计谋，窃取了可以调动军队的虎符，又使朱亥杀死了统兵的魏国大将，带兵去解邯郸之围，而侯嬴自刎为魏无忌送行。（非但慷慨献良谋，意气兼将身命酬。向风刎颈送公子，七十老翁何所求。）

◎ **名句** 七十老翁何所求。

　　这一句诗之所以著名，主要是因为明代异端思想家李贽（卓吾）在自杀之前以这句诗来答复狱吏，显示了为坚持思想与气节而毫不妥协的气概。

終南別业[1]

王　维

中岁颇好道，晚家南山陲。[2]

兴来每独往，胜事空自知。

行到水穷处，坐看云起时。

偶然值林叟，谈笑无还期。[3]

⊙ **注讲**

[1]诗题一作《初至山中》，一作《入山寄城中故人》。终南别业是长安附近终南山的一处别墅，即辋川别墅，原本属于宋之问，后被王维购得。辋川是唐代长安极著名的风景区，从日本圣福寺所藏的唐代《辋川图》来看，辋川秀美的山川里有着相当规模的建筑群，是极奢华的富人别墅区。不仅如此，辋川还有便利的交通环境，距离长安不过40公里，很适合半官半隐的休闲生活。

另一方面，当时的别墅和现代别墅有一点很不同的地方，它不仅仅是山清水秀中的一所豪宅，而且是依庄园而建的、带有相当的生产性质的住所。我们看王维《辋川集》一首《辛夷坞》：

"木末芙蓉花，山中发红萼。涧户寂无人，纷纷开且落。"这也是王维的一首名作，从中我们哪里读得出来，这个饱含禅意的辛夷坞其实是庄园里一个出产经济作物、能给王维带来收入的地方。另一首同样著名的《鹿柴》："空山不见人，但闻人语响。返景入深林，复照青苔上。"这样一个诗情画意的地方其实是一个麋鹿养殖所，是一个为这位似乎毫无人间烟火气的诗人赚取实实在在的利润的地方，这样的别墅是从汉魏时代的庄园经济演变而来的，不能以今天的眼光视之。

[2]道：这里的"道"并不是指道家或道教，而是指佛教。佛教在东汉时期初传中土，而东汉正是一个谶纬盛行、鬼神遍地的朝代，时人把佛教归入道术。这个道术的意思不是道家之术，而近乎于方术，学佛叫作学道，譬如《四十二章经》里佛门自称"释道"。及至魏晋，人们也常把佛与道一同列为道家，以和儒家相区别。僧人原本亦自称"贫道"，意思是不成器的修道之人，是个自谦之辞。《六祖坛经》里，慧能大师在大梵寺讲堂说法，座下有"僧尼、道俗一万余人"，这里的"道"指的就是佛门僧侣。

[3]值：遇到。

◈ 名句　行到水穷处，坐看云起时。

汉江临泛[1]

王　维

楚塞三湘接，荆门九派通。[2]

江流天地外，山色有无中。

郡邑浮前浦，波澜动远空。

襄阳好风日，留醉与山翁。[3]

⊙ 注讲

[1]临泛：临流泛舟。

[2]楚塞三湘接，荆门九派通：此为倒装句，按语义应为楚塞接三湘，荆门通九派。楚塞：泛指楚地。三湘：湘潭、湘乡、湘源的合称。荆门：泛指楚地，与"楚塞"同义。九派：众多支流。"九"泛指众多，并非实指。清代学者汪中写过《释三九》一文，近代学者刘师培写过《虚数不可实指之例》一文，考证古文用数字虚指之例，"九"是最常用于虚指的。

[3]襄阳好风日，留醉与山翁：山翁指晋代名士山简，代指当下的襄阳太守。山简做过襄阳太守，常常到襄阳名胜习家池游

玩，每一去必大醉而归。王维这一联是说襄阳风景绝佳，当与太守同游共醉。

◎ **名句** 江流天地外，山色有无中。

使至塞上[1]

王 维

单车欲问边，属国过居延。[2]

征蓬出汉塞，归雁入胡天。[3]

大漠孤烟直，长河落日圆。

萧关逢候骑，都护在燕然。[4]

⊙ **注讲**

[1]开元二十五年（737），河西节度副使崔希逸战胜吐蕃，唐玄宗命王维以监察御史的身份出塞察访军情。此前一年，唐代著名大奸臣李林甫担任中书令，政治环境突变险恶，王维情绪消极，有了归隐之念，而这次唐玄宗派他出使，其实也是因为李林甫作祟，将王维赶出中央政府。

[2]单车："单车之使"的简称，意为使者。属国：秦汉时代有"典属国"一职，掌管蛮夷部族的归顺事务，后来以"典属国"作为外交使者的代称。诗中的"属国"即典属国的省称。居延：古地名，在今甘肃张掖、酒泉一带，汉时此地与匈奴接壤。

[3]征蓬：飘蓬，喻漂泊的旅人。

[4]萧关：地名，在今甘肃固原，唐代是防御吐蕃的军镇。候骑（jì）：骑马的侦察兵。都护：唐代边疆设置都护府，长官称都护，这里指节度使崔希逸。燕（yān）然：燕然山，后汉车骑将军窦宪大败匈奴，曾在此山刻石记功，这里代指前线。

◇ **名句**　大漠孤烟直，长河落日圆。

旧说以为边疆烽火台夜间举火，白天烧烟，烧烟用狼粪，其烟直而聚，风吹而不斜。今人郭培岭《王维使至塞上之考释》对"大漠孤烟直"有实地考察，认为这是气象学上的尘卷风现象。

积雨辋川庄作[1]

王　维

积雨空林烟火迟，蒸藜炊黍饷东菑。[2]

漠漠水田飞白鹭，阴阴夏木啭黄鹂。

山中习静观朝槿，松下清斋折露葵。[3]

野老与人争席罢，海鸥何事更相疑。[4]

⊙ **注讲**

[1]诗题一作《秋归辋川庄作》。辋川庄即王维的辋川别墅，参见王维《终南别业》注讲[1]。这首诗曾被人推崇为唐代七律第一，虽然不是公论，但在写闲情逸致而写得典雅的诗歌里，这首诗的确堪称翘楚。

[2]藜（lí）：藜藿，指粗劣的饭菜。黍（shǔ）：黄米饭。饷：送饭。东菑（zī）：东边的田。这一联描写田家生活，林间因为积雨的缘故，生火做饭不易，所以烟火"迟"，农妇做了饭送到东边的田头上去。

[3]朝槿：即暮槿，夏秋时开花，朝开暮谢。所谓"山中习静

观朝槿"是在静观朝槿之中体会生命短促无常之理。露葵，即绿葵，一种蔬菜。王维修佛，衣布食素，故有"松下清斋折露葵"之说。

[4]野老与人争席罢：典出《庄子》，杨朱去找老子学道，因为仪态与气质非同凡响，一路上总受到人们热情而客气的对待，等他学成之后，气质变得平易，和光同尘，旅社的粗人也毫不在意地和他争座了。海鸥何事更相疑：典出《列子》，海边有人天天和海鸥嬉戏，有一天回家之后，他的父亲让他第二天捉海鸥回来，待第二天他再去海边的时候，海鸥却不肯来亲近他了。

春近楊柳帶与故人
闕草木芊芊春意結白
有時山陰定遠近江上日相
照不及閒亭會宏氽说撰
读以玉氣陽勺丁卯初月打
此尢紅峰戟窩蒼

海内存知己，天涯若比邻。

海上生明月，天涯共此时。

思君如满月，夜夜减清辉。

欲穷千里目，更上一层楼。

羌笛何须怨杨柳，春风不度玉门关。

人事有代谢，往来成古今。

气蒸云梦泽，波撼岳阳城。

鸿雁不堪愁里听，云山况是客中过。

辛夷坞[1]

王　维

木末芙蓉花，山中发红萼。[2]
涧户寂无人，纷纷开且落。[3]

⊙ **注讲**

[1]辛夷坞：王维辋川别墅中的一处景致。辛夷：即木兰，一种香木。

[2]木末：树梢。芙蓉花：本指荷花，这里代指辛夷花。辛夷花与荷花非常相似。萼：花萼，包在花瓣外面的一圈绿色叶状薄片，花开时托着花瓣。

[3]涧户寂无人，纷纷开且落：这一联在写实之外，也暗喻君子的操守。具有儒家素养的知识分子以这类诗句来表达操守，以示君子自足之意。例如张九龄的《感遇》："兰叶春葳蕤，桂华秋皎洁。欣欣此生意，自尔为佳节。谁知林栖者，闻风坐相悦。草木有本心，何求美人折。"诗歌最后一联"草木有本心，何求美人折"与王维的"涧户寂无人，纷纷开且落"表达的是同一种情操。

相　思[1]

王　维

红豆生南国，春来发几枝。[2]
愿君多采撷，此物最相思。

⊙ **注讲**

[1]这首诗在当时便被梨园子弟谱成歌曲，广为传唱。安史之乱以后，著名宫廷乐师李龟年流落江南，经常为人演唱这首《相思》，听者无不动容落泪。

[2]红豆：传说一女子因丈夫死于边地，在树下痛哭不止，终于悲伤而死，死后化为红豆，故而人们亦称红豆为"相思子"。唐人语言中的"相思"一词适用范围较现代汉语更广，除了指情侣之间的思念之外，亦可指亲友之间的思念。春来发几枝：一本作"秋来发故枝"，颇有怀念故人之感，与"春来发几枝"各有佳处。

九月九日忆山东兄弟[1]

王 维

独在异乡为异客，每逢佳节倍思亲。
遥知兄弟登高处，遍插茱萸少一人。[2]

⊙ **注讲**

[1]诗题下原有诗人自注："时年十七"。山东：自战国以来称函谷关以东的地区为山东，战国七雄当中，秦国位于函谷关以西，其他六国位于函谷关以东，从秦国的角度称六国为关东六国。汉唐定都长安，紧邻秦都咸阳，便也沿袭了秦人的说法。

[2]遥知兄弟登高处，遍插茱萸少一人：九月九日为重阳节，民俗佩戴茱萸囊，登高，饮菊花酒，人们认为这样可以驱邪避灾。茱萸（zhū yú）：落叶小乔木，开小黄花，果实椭圆形，红色，味酸，可入药。

◇ **名句** 每逢佳节倍思亲。

送元二使安西[1]

王　维

渭城朝雨浥轻尘，客舍青青柳色新。[2]

劝君更尽一杯酒，西出阳关无故人。[3]

⊙ **注讲**

[1] 诗题一作《渭城曲》，后被谱入乐府，将末句"西出阳关无故人"重叠歌唱，故称《阳关三叠》。元二：不详何人。安西：唐代安西都护府治所，在今新疆。

[2] 渭城：秦都咸阳在汉代改称渭城，在今西安西北。浥（yì）：湿润。

[3] 阳关：在今甘肃敦煌附近。

将进酒 [1]

李 白

君不见黄河之水天上来，奔流到海不复回。

君不见高堂明镜悲白发，朝如青丝暮成雪。

人生得意须尽欢，莫使金樽空对月。

天生我材必有用，千金散尽还复来。

烹羊宰牛且为乐，会须一饮三百杯。

岑夫子，丹丘生，将进酒，杯莫停。 [2]

与君歌一曲，请君为我倾耳听。

钟鼓馔玉不足贵，但愿长醉不复醒。 [3]

古来圣贤皆寂寞，惟有饮者留其名。

陈王昔时宴平乐，斗酒十千恣欢谑。 [4]

主人何为言少钱，径须沽取对君酌。 [5]

五花马，千金裘，呼儿将出换美酒，与尔同销万古愁。 [6]

❖ 诗人小传

李白（701—762），字太白，号青莲居士。李白5岁时随父亲迁居到绵州的彰明县（今四川江油），所以自幼受蜀地文化影响很大。李白少年时喜好剑术，颇有游侠习气，青年后仗剑出蜀，漫游四方，自称曾经手刃数人。据研究李白的学者周勋初的意见，李白杀人一事的真实性很高。李白的家境非常富有，加之他有任侠仗义之风，养成了一掷千金、挥金如土的生活习惯。像"千金散尽还复来"这种话，贫寒出身的诗人就说不出。天宝初年，李白来到京城长安，将诗作献给贺知章看，贺知章大为赞叹，称他为"谪仙人"，即被贬谪到凡间的神仙。唐玄宗委任李白为翰林供奉，但这种文学侍从的角色并不是立志于安邦定国、为帝王师的李白所想要的。后来李白被唐玄宗赐金放还，但他的济世之心始终未泯。及至安史之乱爆发，缺乏政治敏感度的李白站错了队伍，被永王李璘拉拢，成为永王旗下的唯一一名大名士。待安史之乱平定，永王与唐肃宗争位失败，李白受到政治清算，流徙夜郎，未到夜郎时遇到赦免，于是心情振奋，"朝辞白帝彩云间，千里江陵一日还"，旋即病逝于安徽当涂。

李白的诗歌追求与陈子昂相似，他们都是推崇古体诗，鄙视近体律诗，所以李白写过的律诗极少。古体诗没有太多格律的束缚，正适合李白汪洋纵恣、才思泉涌的特质。唐诗以李白、杜甫为两大高峰，恰恰李白专攻古体诗，杜甫以近体格律诗独步天下，前者极放纵，后者极谨严，这应该正是两个人截然不同的性格所致。

李白诗歌最显著的两个特点：一是夸张，二是任性。所谓夸张，说发愁便是"白发三千丈"，说喝酒便是"百年三万六千日，一日须倾三百杯"，说打仗平叛便是"为君谈笑静胡沙"；所谓任性，就是讲什么话全凭当时的情绪，一高兴就认为"天生我材必有用"，一受点挫折就抱怨"骅骝拳跼不能食，蹇驴得志鸣春风"，四处干谒求达官贵人引荐的时候就说"生不用封万户侯，但愿一识韩荆州"，偃蹇不顺的时候就慨叹"安能摧眉折腰事权贵，使我不得开心颜"。但也正是这样的特点，使李白的诗歌毫不世故，毫无人间烟火气，写什么都能写到极致，确实很有谪仙气象。

⊙ **注讲**

[1] 将进酒：乐府旧题，为劝酒之歌。将（qiāng）：请。

[2] 岑夫子：岑勋。丹丘生：元丹丘。二人都是李白的好友。

[3] 钟鼓馔玉：代指豪贵生活。古时贵族吃饭时要鸣钟列鼎，使用精美珍贵的餐具。

[4] 陈王：即陈思王曹植。平乐：平乐观，曹植曾在此大摆酒宴。

[5]径须：只须。沽（gū）取：买酒。

[6]五花马：毛色作五花之文的良马。将出：拿出。

◇ **名句**　天生我材必有用，千金散尽还复来。

行路难（三首之一）[1]

李　白

金樽清酒斗十千，玉盘珍羞直万钱。[2]

停杯投箸不能食，拔剑四顾心茫然。[3]

欲渡黄河冰塞川，将登太行雪满山。

闲来垂钓碧溪上，忽复乘舟梦日边。[4]

行路难，行路难，多歧路，今安在。

长风破浪会有时，直挂云帆济沧海。

◉ 注讲

[1] 行路难：乐府旧题，内容写世事之艰辛与离别之悲伤。

[2] 斗十千：酒一斗价值十千钱，形容酒的珍贵。直：值。

[3] 停杯投箸不能食，拔剑四顾心茫然：化用鲍照《拟行路难》"对案不能食，拔剑击柱长叹息"。箸（zhù）：筷子。

[4] 乘舟梦日边：商代名相伊尹在被商王汤任用之前曾经梦见自己乘舟经过日月之旁。

◈ 名句　长风破浪会有时，直挂云帆济沧海。

行路难（三首之二）

李　白

大道如青天，我独不得出。

羞逐长安社中儿，赤鸡白雉赌梨栗。[1]

弹剑作歌奏苦声，曳裾王门不称情。[2]

淮阴市井笑韩信，汉朝公卿忌贾生。[3]

君不见昔时燕家重郭隗，拥篲折节无嫌猜。[4]

剧辛乐毅感恩分，输肝剖胆效英才。[5]

昭王白骨萦蔓草，谁人更扫黄金台。

行路难，归去来。

⊙ **注讲**

[1] 羞逐长安社中儿，赤鸡白雉赌梨栗：字面上说自己耻于像长安的市井小儿一般凭着斗鸡小技赌胜微不足道的彩头，暗讽唐玄宗在宫内设置斗鸡坊，斗鸡小儿因此而谋得功名富贵。据陈鸿的《东城老父传》记载，唐玄宗宠爱一个叫作贾昌的斗鸡小孩，给了他极其尊贵的待遇，而且恩宠达几十年之久。

[2] 弹剑作歌奏苦声：战国时代，冯谖投齐国贵族孟尝君门

下为门客，但不受孟尝君的重视，便三番弹剑作歌，抱怨自己得到的待遇太低。曳裾王门：语出《汉书·邹阳传》"饰固陋之心，则何王之门不可曳长裾乎"，指游食于王侯之门。不称（chèn）情：不如意。

[3]淮阴市井笑韩信：韩信是淮阴人，少年时家贫，曾受胯下之辱，被淮阴市井小儿耻笑。汉朝公卿忌贾生：贾谊青年时即被汉文帝破格擢升，建议屡被采纳，因此遭到元老大臣们的忌恨，终被排挤出朝廷。

[4]昔时燕家重郭隗，拥篲折节无嫌猜：《战国策·燕策》记载，燕昭王为了洗雪国耻，决意广求贤才，郭隗以寓言劝说燕昭王，说有人想得千里马，以五百金的高价购得一匹死掉的千里马的骨骼，一年之内便得到了三匹千里马。燕昭王便以郭隗为师，并高筑楼台，置千金于其上，各国贤才云集而至。这座楼台被称为黄金台或燕台，遗址在今河北易县。

[5]剧辛乐毅感恩分，输肝剖胆效英才：燕昭王高筑黄金台之后，各国人才蜂拥而至，剧辛、乐毅都是其中的佼佼者，他们全心全意地为燕昭王效力，乐毅更是作为军队统帅攻破了齐国，为燕国洗雪了当年几乎灭于齐国的耻辱。

◎ **名句** 大道如青天，我独不得出。

行路难（三首之三）

李　白

有耳莫洗颍川水，有口莫食首阳蕨。[1]

含光混世贵无名，何用孤高比云月。[2]

吾观自古贤达人，功成不退皆殒身。

子胥既弃吴江上，屈原终投湘水滨。[3]

陆机才多岂自保，李斯税驾苦不早。[4]

华亭鹤唳讵可闻，上蔡苍鹰何足道。[5]

君不见吴中张翰称达士，秋风忽忆江东行。[6]

且乐生前一杯酒，何须身后千载名。

⊙ **注讲**

[1]有耳莫洗颍川水：传说尧让天下于许由，许由认为这是对自己的侮辱，到颍川用水洗耳。有口莫食首阳蕨：伯夷、叔齐认为周武王灭商是以臣犯君，因此耻食周粟，饿死在首阳山上。李白这一联是说不要学许由和伯夷、叔齐的清高。

[2]含光混世贵无名：即《老子》"和光同尘"之意。这一联

53

是说不如放下清高的姿态，混同于世俗好了。

[3]子胥既弃吴江上：春秋时代，吴国贤臣伍子胥劝谏吴王夫差提防越国，招致夫差的不满，赐剑令他自尽。伍子胥死后，尸体浮于江上。

[4]陆机才多岂自保：陆机本为三国时吴国名门之后，入晋后以才华名世，受到朝廷委任，结果在八王之乱中受谗言而死。李斯税驾苦不早：李斯是秦始皇的丞相，在秦二世时受赵高陷害，被腰斩而死。税驾：停住车驾，这里比喻人要有知足之心，不要一味进取，反而招致大祸。

[5]华亭鹤唳讵可闻：陆机是华亭（今上海）人，仕晋后预感天下将乱，自身亦难免受难，于是感叹说："家乡华亭的鹤鸣以后还能再听到吗？"讵（jù）：岂，难道。上蔡苍鹰何足道：李斯是上蔡人，受刑时对儿子叹息说："我想和你出上蔡东门去打猎，却再也不可能了。"

[6]君不见吴中张翰称达士，秋风忽忆江东行：晋时张翰在洛阳做官，秋风起时，思念家乡吴中莼菰、鲈鱼的美味，感慨人生贵在适意，何必奔波数千里外以求名位爵禄，于是辞官回乡而去。

◈ **名句** 且乐生前一杯酒，何须身后千载名。

关山月 [1]

李　白

明月出天山，苍茫云海间。

长风几万里，吹度玉门关。

汉下白登道，胡窥青海湾。[2]

由来征战地，不见有人还。

戍客望边色，思归多苦颜。

高楼当此夜，叹息未应闲。[3]

⊙ 注讲

[1] 关山月：乐府旧题，内容多写别离之悲。

[2] 汉下白登道：汉高帝刘邦统兵征匈奴，被匈奴围困在白登山（今山西大同西）七日夜。青海湾：唐军与吐蕃的连年征战之地。

[3] 戍客望边色，思归多苦颜。高楼当此夜，叹息未应闲：这两联写戍边将士与家乡妻子的两地相思，上一联写戍边将士思归，下一联作为呼应，写家乡妻子怀人。

长干行（二首之一）[1]

李 白

妾发初覆额，折花门前剧。[2]

郎骑竹马来，绕床弄青梅。[3]

同居长干里，两小无嫌猜。

十四为君妇，羞颜尚不开。

低头向暗壁，千唤不一回。

十五始展眉，愿同尘与灰。

常存抱柱信，岂上望夫台。[4]

十六君远行，瞿塘滟滪堆。[5]

五月不可触，猿鸣天上哀。

门前迟行迹，一一生绿苔。

苔深不能扫，落叶秋风早。

八月蝴蝶来，双飞西园草。

感此伤妾心，坐愁红颜老。

早晚下三巴，预将书报家。[6]

相迎不道远，直至长风沙。[7]

⊙ 注讲

[1]长干行：乐府旧题。长干：古金陵（今南京）街巷名。

[2]剧：玩耍。

[3]郎骑竹马来，绕床弄青梅：这一联写男女主人公童年时的嬉戏，是成语"青梅竹马"的出处。

[4]抱柱：典出《庄子·盗跖》：有一个名叫尾生的男子与一女子相约在桥下，女子过期而不至，水势渐涨，尾生抱着柱子不肯离去，以致溺死。后世以尾生之典表示至死不渝的信约。望夫台：相传有女子登高台日日眺望，期盼久久未归的丈夫，高台遂名为望夫台。

[5]瞿塘滟滪堆：瞿塘峡为长江三峡之一，滟滪堆是瞿塘峡里的一块礁石，五月间江水暴涨，礁石没入水下，过往船只极易触礁沉没，且滟滪堆一带水流异常湍急，舟行不易控制。这块礁石今天已被炸毁，滟滪堆的惊心动魄只存在于古书之中了。

[6]三巴：巴东、巴郡、巴西的合称。

[7]长风沙：地名，在安徽安庆东，距金陵七百里之遥。

◈ **名句** 郎骑竹马来，绕床弄青梅。

玉阶怨[1]

李　白

玉阶生白露，夜久侵罗袜。

却下水晶帘，玲珑望秋月。

⊙ **注讲**

[1]玉阶怨：乐府旧题，内容多为宫怨。诗题《玉阶怨》，点明了一个"怨"字，但看这寥寥20个字，"怨"的情绪是如此之淡，朦胧缥缈，不仔细体会便很难觉察出来。这样的诗，可谓"哀而不伤，怨而不怒"这一儒家正统诗歌理论的典范之作。

金陵城西楼月下吟[1]

李 白

金陵夜寂凉风发，独上高楼望吴越。

白云映水摇空城，白露垂珠滴秋月。

月下沉吟久不归，古来相接眼中稀。[2]

解道澄江净如练，令人长忆谢玄晖。[3]

⊙ **注讲**

[1]金陵城西楼：金陵（今南京）名胜，亦称孙楚楼，因西晋诗人孙楚曾在此登临吟咏而得名。

[2]古来相接眼中稀：诗人感叹自古以来名流虽多，但能够与自己精神相通的却寥寥无几。这一联引出尾联"解道澄江净如练，令人长忆谢玄晖"，以谢玄晖为自己的异代知己。

[3]谢玄晖：即谢朓，南齐著名诗人，素为李白所仰慕。谢朓当年被排挤出京城金陵时写过《晚登三山还望京邑》，其中以"澄江静如练"一句最是著名。李白写这首《金陵城西楼月下吟》时也是刚刚被排挤出京城长安，与谢朓当时的遭遇近似。

◇ **名句** *古来相接眼中稀。*

庐山谣寄卢侍御虚舟[1]

李　白

我本楚狂人，凤歌笑孔丘。[2]

手持绿玉杖，朝别黄鹤楼。

五岳寻仙不辞远，一生好入名山游。

庐山秀出南斗旁，屏风九叠云锦张，影落明湖青黛光。[3]

金阙前开二峰长，银河倒挂三石梁。[4]

香炉瀑布遥相望，回崖沓嶂凌苍苍。

翠影红霞映朝日，鸟飞不到吴天长。[5]

登高壮观天地间，大江茫茫去不还。

黄云万里动风色，白波九道流雪山。[6]

好为庐山谣，兴因庐山发。

闲窥石镜清我心，谢公行处苍苔没。[7]

早服还丹无世情，琴心三叠道初成。[8]

遥见仙人彩云里，手把芙蓉朝玉京。[9]

先期汗漫九垓上，愿接卢敖游太清。[10]

⊙ 注讲

[1]庐山谣寄卢侍御虚舟：这首诗是李白流放夜郎中途遇赦后游庐山所作。卢虚舟：唐肃宗时任殿中侍御史，故称卢侍御虚舟，曾与李白同游庐山。

[2]我本楚狂人，凤歌笑孔丘：典出《庄子·人间世》，孔子来到楚国，当地一位名叫接舆的狂人唱着歌走过孔子的门前，歌是这样唱的："凤啊，凤啊，德行为什么这么衰败？未来不可期待，过去也不可追怀。天下有道的时候，圣人出来做事；天下无道的时候，圣人保命全生。如今这个世道呀，能免遭刑罚就算不错了。福比羽毛还轻，可就连这点薄福也不知向哪里去寻；祸比大地还重，人却根本没处躲避……"李白为表现自己如楚狂人一般的狂态，对孔子直呼其名。古代若非尊长对晚辈，直呼其名是对人极大的不敬。

[3]庐山秀出南斗旁：南斗指二十八宿中的斗宿，古人将天空分为二十八个分区，称为二十八宿，再将二十八宿分别对应地理上的二十八个区域，庐山所在的地理位置正在斗宿的分野。屏风九叠云锦张：庐山五老峰东北有景点叫作九叠云屏。影落明湖青黛光：明湖指都阳湖，青黛是青黑色。

[4]金阙前开二峰长：金阙指庐山金阙岩。银河倒挂三石梁：描绘庐山三叠泉水势三折而下，如银河倒挂于石梁之上。

[5]吴天：三国时庐山地属吴国，故而庐山一带的天空称

为吴天。

[6]白波九道流雪山：长江流经庐山附近时分出许多支流，故称"白波九道"。雪山，并非实指，而是形容波涛如雪山。

[7]闲窥石镜清我心，谢公行处苍苔没：石镜是庐山一景，在东山悬崖之上，圆形如镜，走近之后可以如镜子一般照见形影。谢公指南朝宋代大诗人谢灵运。谢灵运游庐山时写有"攀崖照石镜"的诗句。

[8]早服还丹无世情，琴心三叠道初成：还丹是道教丹药，丹砂先烧成水银，水银再还原为丹砂，如此炼制出的丹药叫作还丹，道教认为炼丹服食可以轻身升仙。琴心三叠：道教术语，是道教的一种修炼阶段。

[9]手把芙蓉朝玉京：玉京是道教传说中元始天尊的居处。芙蓉：荷花。

[10]先期汗漫九垓上，愿接卢敖游太清：典出《淮南子·道应训》，卢敖是秦朝博士，为秦始皇出海求仙，却一去不返，有一日他在北海，遇到一位神仙，卢敖约他同游，他说自己已经与一位叫作汗漫的神仙约在九垓之外相见，所以不能陪卢敖同游，说罢便跳入云中。"汗漫"的本义是不可知，《庄子》有所谓"汗漫之言"。"九垓上"意即九天之上。"太清"是道教术语，道家有所谓三清之境，即玉清、上清、太清，分别是圣人、真人、仙人的居所。李白这一联反用《淮南子》的典故，以卢敖指卢虚舟，把自己比作卢敖在北海遇到的那位神仙，说自己

虽然已经与汗漫在九天之上有约，但还是愿意和卢虚舟一起遨
游于神仙之境。

◎ **名句** 我本楚狂人，凤歌笑孔丘。

梦游天姥吟留别[1]

李　白

海客谈瀛洲，烟涛微茫信难求。[2]

越人语天姥，云霓明灭或可睹。

天姥连天向天横，势拔五岳掩赤城。[3]

天台四万八千丈，对此欲倒东南倾。[4]

我欲因之梦吴越，一夜飞度镜湖月。[5]

湖月照我影，送我至剡溪。[6]

谢公宿处今尚在，渌水荡漾清猿啼。[7]

脚著谢公屐，身登青云梯。[8]

半壁见海日，空中闻天鸡。[9]

千岩万转路不定，迷花倚石忽已暝。[10]

熊咆龙吟殷岩泉，栗深林兮惊层巅。[11]

云青青兮欲雨，水澹澹兮生烟。

列缺霹雳，丘峦崩摧。[12]

洞天石扇，訇然中开。[13]

青冥浩荡不见底，日月照耀金银台。[14]

霓为衣兮风为马，云之君兮纷纷而来下。[15]

虎鼓瑟兮鸾回车，仙之人兮列如麻。

忽魂悸以魄动，怳惊起而长嗟。[16]

惟觉时之枕席，失向来之烟霞。[17]

世间行乐亦如此，古来万事东流水。[18]

别君去兮何时还，且放白鹿青崖间，须行即骑访名山。

安能摧眉折腰事权贵，使我不得开心颜。

⊙ 注讲

[1]梦游天姥吟留别：诗题一作《别东鲁诸公》。李白被唐玄宗赐金放还后，先是和高适、杜甫等人四处漫游，后来又回到东鲁家中住了一段时间，但随后他又离家漫游而去，这首诗就是他辞家时告别东鲁诸公之作，即诗题所谓"留别"之意。天姥（mǔ）：山名，在浙江天台县西，传说曾有人在山上听到过仙人天姥的歌声，因此称之为天姥山。诗的前半段描写梦境，实景与想象交融，将天姥山描写为仙境。

[2]瀛洲：传说中的海上仙山。

[3]赤城：山名，在天台县北，是天台山的一部分。

[4]天台（tāi）四万八千丈，对此欲倒东南倾：天台即天台

山，在天台县北。这两句是说天台山虽极高，却不及天姥山，从山势来看，天台山仿佛拜倒在天姥山的东南一样。

[5]镜湖：即鉴湖。

[6]剡（Shàn）溪：在浙江省曹娥江上游，邻近天姥山。

[7]谢公：谢灵运。谢灵运雅好山水，曾经在此游览登临。

[8]谢公屐：谢灵运为了方便登山游览而特制的一种木屐，上山时去掉前齿，下山时去掉后齿。

[9]天鸡：据《述异记》记载，东南有桃都山，山上有一种叫作桃都的大树，树枝之间相距三千里，其上有天鸡。每天太阳刚刚升起照在桃都树的树枝上时天鸡就会鸣叫，天下之鸡都会随之鸣叫。

[10]暝：天色昏暗。

[11]殷：盛大。

[12]列缺：闪电。

[13]洞天：传说中的神仙居所。石扇：石门。訇（hōng）：形容声音巨大。

[14]金银台：指神仙居所。语出晋人郭璞《游仙诗》"神仙排云出，但见金银台"。

[15]云之君兮纷纷而来下：形容神仙纷纷从云中驾临。云之君：泛指神仙。

[16]恍（huǎng）：同"恍"。

[17]惟觉时之枕席，失向来之烟霞：描写自己忽然从梦中醒

来，方才梦中的璀璨顿时消失不见。

　　[18]世间行乐亦如此，古来万事东流水：这两句是全诗的主旨，是说自古以来一切富贵繁华皆如梦幻，万事转眼便成云烟。

◈ **名句**　安能摧眉折腰事权贵，使我不得开心颜。

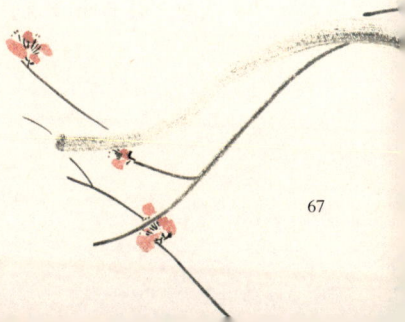

送友人

李 白

青山横北郭，白水绕东城。[1]

此地一为别，孤蓬万里征。

浮云游子意，落日故人情。

挥手自兹去，萧萧班马鸣。[2]

⊙ **注讲**

[1]郭：外城。古代城市规划一般有内外两重城墙，所谓内城外郭。

[2]兹：此。班马：离群的马。"萧萧班马鸣"化用《诗经·车攻》"萧萧马鸣"。

◇ **名句** 浮云游子意，落日故人情。

送友人入蜀

李　白

见说蚕丛路，崎岖不易行。[1]

山从人面起，云傍马头生。[2]

芳树笼秦栈，春流绕蜀城。[3]

升沉应已定，不必问君平。[4]

⊙ 注讲

[1]蚕丛：传说中古蜀国的开国之君。诗句以蚕丛路代指蜀地道路。

[2]山从人面起，云傍马头生：蜀地大多是陡峭的山路，尤其当人在栈道上行走时，脸旁就是峭壁，云雾就围绕在身边。

[3]秦栈：从秦地入蜀的栈道。

[4]君平：严遵字君平，西汉时人，隐居于成都市井之间，以算卦为生，号称神算。传说他每天算卦赚到一百文钱就收摊，够维持基本生活就行了，然后就讲授《老子》，著书阐释道家的学

问。"升沉应已定，不必问君平"，是李白叮嘱入蜀友人的豁达之语，说人的命运自有定数，没有问卜算卦的必要。

◈ **名句** 山从人面起，云傍马头生。

宣州谢朓楼饯别校书叔云[1]

李 白

弃我去者，昨日之日不可留。

乱我心者，今日之日多烦忧。

长风万里送秋雁，对此可以酣高楼。

蓬莱文章建安骨，中间小谢又清发。[2]

俱怀逸兴壮思飞，欲上青天揽明月。

抽刀断水水更流，举杯消愁愁更愁。

人生在世不称意，明朝散发弄扁舟。[3]

⊙ 注讲

[1]谢朓楼：在今安徽宣城，为南齐诗人谢朓在宣城任太守时所建。校书：秘书省校书郎的简称。叔云：指李白的族叔李云，时任秘书省校书郎。

[2]蓬莱文章：传说蓬莱山是存放仙府秘篆的地方，东汉时人们将政府藏书的东观雅称为蓬莱山，唐人则以蓬莱山借指秘书省。李云任秘书省校书郎，故而李白以"蓬莱文章"比喻李云的

文章，谓其有建安之风骨。建安骨：建安是东汉末代皇帝汉献帝的年号，当时曹氏父子与建安七子开创了崭新的文学风气，后世称之为"建安风骨"。小谢：世称谢灵运为大谢，谢朓为小谢。李白以建安风骨比李云，以谢朓自比，下启"俱怀逸兴壮思飞"。

[3]散发弄扁舟：古代男子的标准发型是束发，散发是一种蔑视礼法、狂放不羁的姿态。譬如《后汉书·袁闳传》记载党锢之祸发生时，袁闳"遂散发绝世"。弄扁舟：这是诗文当中表示隐逸生活的常用意象。

◈ **名句** 抽刀断水水更流，举杯消愁愁更愁。

下终南山过斛斯山人宿置酒[1]

李　白

暮从碧山下，山月随人归。

却顾所来径，苍苍横翠微。[2]

相携及田家，童稚开荆扉。[3]

绿竹入幽径，青萝拂行衣。

欢言得所憩，美酒聊共挥。

长歌吟松风，曲尽河星稀。

我醉君复乐，陶然共忘机。[4]

⊙ **注讲**

[1]终南山：唐代京城长安（今西安）附近的名山，京城显贵多在终南山营建别墅。斛（hú）斯：复姓。

[2]翠微：青翠的山色，也泛指青翠的山。

[3]荆扉：柴门。

[4]忘机：进入天然之境，忘记世俗机心。典出《庄子》：子贡提出汲水用桔槔要比用瓦罐更有效率，却遭到了汉阴丈

人嘲笑。汉阴丈人认为使用机械虽然可以大大提高工作效率，却会使人产生机心，人应该弃绝机械与机心，依照天然本性来生活。

把酒问月[1]

李　白

青天有月来几时，我今停杯一问之。

人攀明月不可得，月行却与人相随。

皎如飞镜临丹阙，绿烟灭尽清辉发。

但见宵从海上来，宁知晓向云间没。

白兔捣药秋复春，嫦娥孤栖与谁邻。

今人不见古时月，今月曾经照古人。

古人今人若流水，共看明月皆如此。

唯愿当歌对酒时，月光长照金樽里。[2]

⊙ **注讲**

[1] 题下有李白自注："故人贾淳令予问之。"

[2] 当歌对酒："当"与"对"同义。

◈ **名句**　唯愿当歌对酒时，月光长照金樽里。

夜泊牛渚怀古[1]

李　白

牛渚西江夜，青天无片云。
登舟望秋月，空忆谢将军。
余亦能高咏，斯人不可闻。[2]
明朝挂帆席，枫叶落纷纷。

⊙ **注讲**

[1]诗题下原有作者自注："此地即谢尚闻袁宏咏史处。"牛渚：
山名，在安徽当涂西北，紧邻长江。据《晋书·文苑传》，袁宏在
年轻的时候很穷，以运租为业，镇西将军谢尚镇守牛渚，秋夜乘月
微服泛江，偶然听到袁宏在运租船上诵诗，一下子被吸引住了，随
后派人去问，知道这是袁宏在吟咏自己的咏史诗，为之激赏，便邀
袁宏到自己的船上，聊了一整夜，袁宏由此声名大噪，后来成为一
代文宗。李白到了牛渚，想起先贤佳话，感而赋诗，感怀自己不如
袁宏幸运，得不到谢尚那样有眼力的贵人的赏识，只有扬帆而去。

[2]斯人：指镇西将军谢尚。

月下独酌（四首之一）

李 白

花间一壶酒，独酌无相亲。

举杯邀明月，对影成三人。

月既不解饮，影徒随我身。

暂伴月将影，行乐须及春。[1]

我歌月徘徊，我舞影零乱。

醒时同交欢，醉后各分散。

永结无情游，相期邈云汉。[2]

⊙ **注讲**

[1] 暂伴月将影：即暂伴月与影。将：与。

[2] 无情游：忘却世情之游。云汉：银河，这里代指仙境。

月下独酌（四首之二）

李　白

天若不爱酒，酒星不在天。[1]

地若不爱酒，地应无酒泉。[2]

天地既爱酒，爱酒不愧天。

已闻清比圣，复道浊如贤。[3]

贤圣既已饮，何必求神仙。

三杯通大道，一斗合自然。

但得酒中趣，勿为醒者传。[4]

⊙ 注讲

[1]典出《三国志·魏书·崔琰传》裴松之注引《汉纪》孔融语："天有酒旗之星，地列酒泉之郡，人有旨酒之德。故尧不饮千钟，无以成其圣。且桀纣以色亡国，今令不禁婚姻也。"当时曹操颁布了禁酒令，孔融作了这篇文章论述酒不可禁的道理。酒星：星名，即酒旗之星。

[2]酒泉：地名，汉代置有酒泉郡。

[3]已闻清比圣，复道浊如贤：典出《三国志·魏志·徐邈传》：在曹操颁布禁酒令的时期，好酒之人以隐语称酒，称清酒为圣人，称浊酒为贤人。

[4]三杯通大道，一斗合自然。但得酒中趣，勿为醒者传：《世说新语·识鉴》刘孝标注引《孟嘉别传》：孟嘉喜好酣饮，饮酒越多却越不会失态。桓温问孟嘉说："酒究竟有什么好处使你这样喜爱呢？"孟嘉答道："您不曾领略酒中之趣啊。"（公未得酒中趣耳。）桓温又问："听歌伎作歌，有所谓丝（弦乐）不如竹（管乐如笛、箫之类），竹不如肉（歌喉），这是什么意思呢？"孟嘉答道："渐近自然。"满座为之叹赏。

◈ **名句** 但得酒中趣，勿为醒者传。

天生我材必有用，千金散尽还复来。

长风破浪会有时，直挂云帆济沧海。

大道如青天，我独不得出。

且乐生前一杯酒，何须身后千载名。

安能摧眉折腰事权贵，使我不得开心颜。

浮云游子意，落日故人情。

山从人面起，云傍马头生。

唯愿当歌对酒时，月光长照金樽里。

与史郎中钦听黄鹤楼上吹笛[1]

李　白

一为迁客去长沙，西望长安不见家。[2]

黄鹤楼中吹玉笛，江城五月落梅花。[3]

⊙ **注讲**

[1]李白在乾元元年（758）流放夜郎途经武昌时与史钦同游
黄鹤楼，楼上闻笛而作此诗。

[2]一为迁客去长沙：西汉贾谊因才高招忌，被贬出中央政府
去任长沙王太傅。李白以贾谊自比。迁客：被贬逐的官员。

[3]玉笛：在诗歌语言当中，同样描写一支笛子，如果想表达
君子情怀，就说"玉笛"；如果想表达乡野之情，就说"竹笛"；
如果想表达豪客沧桑，就说"铁笛"。所谓玉、竹、铁，一般都
只是诗人为塑造意境而主观加上的修饰。江城五月落梅花：江城
五月正是初夏时节，不会有梅花，但诗人听着笛子吹奏的《梅花
落》曲调，感觉仿佛有梅花飘落。

◇ **名句**　黄鹤楼中吹玉笛，江城五月落梅花。

春夜洛城闻笛[1]

李 白

谁家玉笛暗飞声，散入春风满洛城。

此夜曲中闻折柳，何人不起故园情。[2]

⊙ **注讲**

[1]洛城：洛阳。唐代以长安为西都，洛阳为东都。

[2]折柳：即笛曲中的《折杨柳》。"柳"谐音"留"，故而古人有折柳送别的风俗，以唐代最是盛行，《折杨柳》曲便是抒发送别之情的乐曲，故而在远离家乡的人听起来会生出乡愁，此即"何人不起故园情"之意。

◇ **名句** 此夜曲中闻折柳，何人不起故园情。

黄鹤楼

崔　颢

昔人已乘黄鹤去，此地空余黄鹤楼。[1]

黄鹤一去不复返，白云千载空悠悠。

晴川历历汉阳树，芳草萋萋鹦鹉洲。[2]

日暮乡关何处是，烟波江上使人愁。

❖ **诗人小传**

崔颢（？—754），唐玄宗开元、天宝年间的诗人，少年时诗风轻浮，晚年之后诗风突然变得雄起劲健。崔颢游览武昌时，在黄鹤楼上题写《黄鹤楼》诗，后来李白来此登楼，叹道："眼前有景道不得，崔颢题诗在上头"，没有作诗就离去了。崔颢平时操行不好，嗜酒好赌，专挑美貌女子为妻，稍不合意便将妻子抛弃，一共换了三四任妻子，但他作诗十分认真刻苦，一次大病初愈后，朋友说他病后的消瘦不是因为生病，而是因为作诗作得太辛苦。

⊙ 注讲

[1]昔人已乘黄鹤去，此地空余黄鹤楼：黄鹤楼为武昌名胜，俯瞰长江，传说曾有仙人乘黄鹤从此经过，故而得名黄鹤楼。

[2]晴川历历汉阳树，芳草萋萋鹦鹉洲：描写在黄鹤楼上的登临所见。在晴朗的天空下，隔着长江望去，汉阳的树木清晰可见，鹦鹉洲上生着繁茂的青草。鹦鹉洲：东汉末年，黄祖杀祢衡于此，因祢衡以创作《鹦鹉赋》而知名，后人便称此洲为鹦鹉洲。

次北固山下[1]

王　湾

客路青山外，行舟绿水前。
潮平两岸阔，风正一帆悬。
海日生残夜，江春入旧年。[2]
乡书何处达？归雁洛阳边。

❖ **诗人小传**

王湾（约693—约751），字不详，唐代诗人，洛阳（今河南洛阳）人。玄宗先天年间（712）进士及第，少年时即以文章成名。王湾颇有学养，两次参加过政府校理经史子集的工作。

◉ **注讲**

[1] 次：停宿。北固山：镇江名山，北临长江。

[2] 海日生残夜：即海日升于残夜，强调日出得早。江春入旧

年：形容一年虽然未尽，但江上已有新春的暖意。

◈ **名句**　海日生残夜，江春入旧年。

　　唐代名相张说曾亲笔将这两句诗题写在政事堂上，常常展示给作诗的人看，让大家以此作为写诗的范本。元代辛文房《唐才子传》认为，自从有写诗的人以来，这样的佳句也是极其罕见的。

别董大（二首之一）[1]

高　适

千里黄云白日曛，北风吹雁雪纷纷。[2]

莫愁前路无知己，天下谁人不识君。

❖ **诗人小传**

高适（704—765），字达夫，年轻时潦倒落魄，不拘小节，虽然颇有文采，却耻于参加科举考试，整天混迹于赌徒之中。后来高适还是参加了科举，授职封丘县尉，后来升任为谏议大夫。高适为官颇有豪气，直言不讳，朝中的权贵近臣都怕他三分。安史之乱时，高适因为政见得到了唐肃宗的重视，被委任为西川节度使，有平定蜀地之功。高适性格豪迈疏放，诗也写得很有豪侠气概，在当时便被人们传诵。

⊙ 注讲

[1]董大：唐玄宗时代的著名琴师。

[2]曛：黄昏。

◈ 名句 莫愁前路无知己，天下谁人不识君。

逢雪宿芙蓉山主人 [1]

刘长卿

日暮苍山远，天寒白屋贫。[2]
柴门闻犬吠，风雪夜归人。

❖ 诗人小传

刘长卿（约726—约786），字文房，玄宗天宝年间进士，因为恃才傲物，所以仕途一波三折，甚至被人诬陷入狱。刘长卿擅写五言诗，自诩为"五言长城"。当时的人们将他和钱起、郎士元、李嘉祐一并推崇，但他说："郎士元、李嘉祐怎配和我齐名呢？"刘长卿每次题诗，在落款的时候从来只写"长卿"二字，他说天下人哪有不知道他的姓名的呢？

今人读刘长卿之名一般读作刘长（cháng）卿，其实应该读作刘长（zhǎng）卿，其中有个来历：汉代辞赋家司马相如之所以取名相如，是因为仰慕战国名人蔺相如。蔺相如在赵国为相，相乃众卿之长（zhǎng）（卿是高级官员，众卿之长就是所有高级官员里最高的那个职位），而古人的习惯里，名与字在含义上一定有所关联，所以司马相如取名为相如，取字为长卿。刘长卿之所以取名长卿，因为仰慕司马相如，故而以司马相如的字做了自己的名。刘长卿字文房，"文房"比喻掌帝王制诰，于是名与字相配，长卿为名，文房为字，相得益彰。

⊙ **注讲**

[1] 芙蓉山：山名，不详其地。主人：指留宿刘长卿的那户人家。

[2] 白屋：白茅覆盖的陋屋，可见这一户是赤贫之家。

◈ **名句** 柴门闻犬吠，风雪夜归人。

听弹琴

刘长卿

泠泠七弦上，静听松风寒。[1]
古调虽自爱，今人多不弹。[2]

⊙ 注讲

[1]泠泠：原指水声，借以形容琴声。

[2]古调虽自爱，今人多不弹：这一联以琴声喻节操，暗示自己恪守古君子之道，在当今这个社会里显得不合时宜。刘长卿屡屡因为恃才傲物、直言不讳而忤人，不肯随方就圆，所以难免会有这样的感慨。

◈ **名句** 古调虽自爱，今人多不弹。

长沙过贾谊宅[1]

刘长卿

三年谪宦此栖迟，万古惟留楚客悲。[2]

秋草独寻人去后，寒林空见日斜时。[3]

汉文有道恩犹薄，湘水无情吊岂知。[4]

寂寂江山摇落处，怜君何事到天涯。[5]

⊙ **注讲**

[1]长沙过贾谊宅：西汉贾谊因才高招忌，被贬出中央政府去任长沙王太傅。长沙贾谊宅即贾谊在长沙的故居。

[2]三年谪宦：据《史记·贾谊列传》贾谊任长沙王太傅三年，有猫头鹰飞进宅邸。楚人称猫头鹰为鵩鸟。贾谊谪居长沙，认为长沙气候潮湿，恐怕自己在这里活不长久，自伤自怜，作《鵩鸟赋》来自我开解。"三年谪宦此栖迟，万古惟留楚客悲"是谓贾谊在长沙虽然仅仅谪居三年，却留下了万古之悲。谪宦：贬官。栖迟：居留。

[3]秋草独寻人去后，寒林空见日斜时：化用贾谊《鵩鸟赋》

"庚子日斜兮，鹏集予舍"与"野鸟入室兮，主人将去"之句，兼写过贾谊故居所见之实景，这一联用典丝毫不着痕迹，堪称诗词用典的最高境界。

[4]汉文有道恩犹薄：汉文帝虽然是一位有道明君，但对才华横溢的贾谊终于未加重用。湘水无情吊岂知：屈原所投之汨罗江与湘水相通，贾谊经过湘水时曾经作赋以吊屈原，以为自身的遭遇与屈原相近。

[5]摇落：草木凋谢。怜君何事到天涯：此处之"君"既指贾谊，也可以理解为刘长卿的自况。刘长卿是时亦遭贬谪，自以为遭遇类于贾谊。长沙在汉唐之时都是人们心目中不宜居住的偏远卑湿之地，故刘长卿以天涯称之。"天涯"之"涯"读作yí，与"迟、悲、时、知"押韵。

望　岳 [1]

杜　甫

岱宗夫如何？齐鲁青未了。[2]

造化钟神秀，阴阳割昏晓。[3]

荡胸生曾云，决眦入归鸟。[4]

会当凌绝顶，一览众山小。[5]

❖ 诗人小传

　　杜甫（712—770），字子美，是西晋大将军、大学者杜预的后人，祖父杜审言是武则天时代的著名诗人，但到了杜甫这一辈上已然家道中落。杜甫年轻的时候，因为家贫无法维持生活而流落各地，后来进京城长安参加科举考试，落榜后便困在了长安。直到天宝三年（744），杜甫向唐玄宗进献三大赋，才华才得到赏识。但未几便赶上安史之乱，唐玄宗入蜀，杜甫逃到三川避难。唐肃宗即位后，杜甫急于投奔肃宗，途中却被安史叛军抓获。唐肃宗至德二年（757），杜甫逃到凤翔，终于找到了唐肃宗，被任命为左拾遗。其后杜甫流落剑南，投靠剑南西川节度使严武，度过了一段相对安定的日子。其后杜甫又三番四次地携家眷逃难，最后病逝于行往岳阳的舟中。杜甫为人旷达，性颇自负，喜欢纵论天下大事，在诗歌创作上特别擅长今体律诗，法度森严，将律诗的特点发挥到了极致。杜甫的诗歌多写现实题材，故有"诗史"之誉。杜甫虽然饱经战乱，仕途坎坷，人微言轻，一生郁郁不得志，但诗中总是透着纯纯的忠君报国之心，这一特点深受历代诗家褒扬。

◉ 注讲

[1]杜甫23岁时科举落第，于是漫游齐鲁，并去看望当时在山东为官的父亲杜闲，翌年途经泰山而作此诗。

[2]岱宗：对泰山的尊称。齐鲁青未了：泰山是古时齐鲁分界，北为齐，南为鲁，杜甫以"齐鲁青未了"形容齐鲁两地俱是泰山无尽的青色，以此凸显泰山之高大。

[3]造化：大自然。钟：聚集。阴阳割昏晓：山南为阳，山北为阴，诗句形容泰山的山南、山北在同一时间判然有晨昏之别。

[4]曾：同"层"。荡胸生曾云，决眦入归鸟：这是倒装句，是说层云升起而诗人的胸怀为之激荡，飞鸟归山而诗人的眼眶几乎为之瞪裂。

[5]会当凌绝顶，一览众山小：语出《孟子》"孔子登东山而小鲁，登泰山而小天下"。

◎ **名句** 会当凌绝顶，一览众山小。

奉赠韦左丞丈二十二韵[1]

杜 甫

纨绔不饿死，儒冠多误身。[2]

丈人试静听，贱子请具陈。[3]

甫昔少年日，早充观国宾。[4]

读书破万卷，下笔如有神。

赋料扬雄敌，诗看子建亲。[5]

李邕求识面，王翰愿卜邻。[6]

自谓颇挺出，立登要路津。[7]

致君尧舜上，再使风俗淳。

此意竟萧条，行歌非隐沦。[8]

骑驴三十载，旅食京华春。

朝扣富儿门，暮随肥马尘。

残杯与冷炙，到处潜悲辛。

主上顷见征，欻然欲求伸。[9]

青冥却垂翅，蹭蹬无纵鳞。[10]

甚愧丈人厚，甚知丈人真。

每于百僚上，猥诵佳句新。[11]

窃效贡公喜，难甘原宪贫。[12]

焉能心怏怏，只是走踆踆。[13]

今欲东入海，即将西去秦。[14]

尚怜终南山，回首清渭滨。[15]

常拟报一饭，况怀辞大臣。[16]

白鸥没浩荡，万里谁能驯。[17]

⊙ **注讲**

[1]韦左丞丈：韦济，当时任尚书左丞，故称韦左丞，韦济是
杜甫的尊长，故而称丈。此诗作于天宝七年（748），杜甫时年37
岁。是时杜甫困居长安已有十年之久，作此诗投赠韦济，请求韦
济的提携。诗虽然只是干谒诗而已，却佳句迭出，气象宏大。

[2]纨绔：用细绢做的裤子，泛指富家子弟穿的华美衣着，这
里代指富家子弟。

[3]丈人：对长辈的尊称，这里指韦济。贱子：年少位卑者的
自谦之称，这里是杜甫自称。具陈：细说。

[4]甫昔少年日，早充观国宾：杜甫自谓"我在少年时就早早
做了观赏国都风光的宾客了"，这是指杜甫23岁时进京城长安参

加科举考试。"观国宾"语出《周易》"观国之光，尚宾也"。

[5]扬雄：汉代著名辞赋大家。料：料想。敌：匹敌。子建：曹植，字子建。

[6]李邕：唐代文学家、书法家，曾慕名拜访少年杜甫。王翰：当时著名的诗人，与李邕都是杜甫的前辈。

[7]挺出：杰出。要路津：重要的路口与渡口，比喻重要的职位。语出《古诗十九首》"何不策高足，先据要路津"。

[8]此意竟萧条，行歌非隐沦：这一联是说自己的政治理想虽未实现，但自己作诗高歌并不是要去做隐士。

[9]主上：指唐玄宗。顷：不久前。见征：被征召。歘（xū）然：忽然。欲求伸：希望施展自己的抱负。

[10]青冥却垂翅，蹭蹬无纵鳞：鸟垂下翅膀无力飞翔，鱼不能纵身远游，比喻才干、抱负无处施展。青冥：青云，指天空。蹭蹬（cèng dèng）：路途险阻难行，比喻困顿、不顺利。

[11]每于百僚上，猥诵佳句新：承蒙您（指韦济）经常在百官面前诵读我的新作。猥：谦词，指降低身份，用于他人对自己的行动。

[12]窃效贡公喜：贡公指西汉贡禹，贡禹与王吉为友，听说王吉受到朝廷重用，知道自己也等到出头之日了，高兴得弹冠相庆。杜甫这里是自比贡禹，希望韦济能像王吉一样提拔自己。难甘原宪贫：原宪是孔子的弟子，学问道德很好而家中赤贫。杜甫这里是说自己希望做官，不愿像原宪一样甘于贫困。

[13] 踆踆（qūn）：忽走忽停的样子。

[14] 今欲东入海，即将西去秦："东入海"指避世隐居，语出《论语》孔子曰："道不行，乘桴浮于海。""西去秦"指离开西方的秦地（这里指长安）。

[15] 尚怜终南山，回首清渭滨：终南山是长安附近的名山，渭水也在长安附近，这一联上承"今欲东入海，即将西去秦"，说自己虽然有心避世隐居，但对京城长安依然有依依不舍之心。

[16] 常拟报一饭，况怀辞大臣："报一饭"指报答一饭之恩。这一联是说自己连人家的一饭之恩尚且时时有回报之心，在辞别大臣（指韦济）之前怎能不有所回报呢？言下之意，杜甫仍是希望能够获得一官半职，做出一些政绩，甚或完全施展抱负，这才算报答了韦济的知遇之恩，如果避世隐居而去，就没法报答韦济了。

[17] 白鸥没浩荡，万里谁能驯：白鸥隐没于浩荡的天际，遨游万里，又有谁还能拘束我呢？结尾这一联仍然表达了隐遁之心，干谒诗以这样的句子收束可谓不凡。

◇ **名句** [1] 读书破万卷，下笔如有神。

[2] 致君尧舜上，再使风俗淳。

[3] 朝扣富儿门，暮随肥马尘。

[4] 白鸥没浩荡，万里谁能驯。

春日忆李白[1]

杜 甫

白也诗无敌，飘然思不群。[2]

清新庾开府，俊逸鲍参军。[3]

渭北春天树，江东日暮云。[4]

何时一樽酒，重与细论文。[5]

⊙ 注讲

[1]春日忆李白：时为天宝六年（747），杜甫初到长安。

[2]白：李白。

[3]庾开府：庾信，在北周任骠骑大将军，开府仪同三司。鲍参军：鲍照，刘宋时曾为前军参军。庾信和鲍照都是南北朝时期的著名诗人，杜甫这一联是赞叹李白的诗风兼具庾信之清新与鲍照之俊逸。

[4]渭北：渭水之北，指杜甫当时所在的长安一带。江东：指李白当时正在漫游的江浙一带。这一联历来受诗家称道，清代沈

德潜称其"写景而离情自见"，最中肯綮。

[5]论（lún）文：探讨诗文。

◈ **名句**　渭北春天树，江东日暮云。

春 望[1]

杜 甫

国破山河在，城春草木深。[2]
感时花溅泪，恨别鸟惊心。[3]
烽火连三月，家书抵万金。
白头搔更短，浑欲不胜簪。[4]

⊙ **注讲**

[1]安史叛军攻下唐都长安后，唐玄宗入蜀避乱，唐肃宗在灵武即位，杜甫只身去灵武投奔肃宗，途中被叛军俘虏，带到长安。翌年，即唐肃宗至德二年（757），杜甫在长安写作此诗。

[2]国破山河在，城春草木深：山河依旧，但国都已经换了主人；草木疯长，可见兵祸之后人烟稀少。

[3]感时花溅泪，恨别鸟惊心：在国破家亡、生离死别的大背景下，看花仿佛花在流泪，看鸟仿佛鸟在心惊。

[4]白头搔更短，浑欲不胜簪：古人束发，用簪子别住或

用簪子别在冠上，这一联是形容白发日渐稀少，连簪子都别不上了。

◇ **名句**　[1]国破山河在，城春草木深。

[2]感时花溅泪，恨别鸟惊心。

佳　人[1]

杜　甫

绝代有佳人，幽居在空谷。

自云良家子，零落依草木。

关中昔丧败，兄弟遭杀戮。[2]

官高何足论，不得收骨肉。

世情恶衰歇，万事随转烛。

夫婿轻薄儿，新人美如玉。

合昏尚知时，鸳鸯不独宿。[3]

但见新人笑，那闻旧人哭。

在山泉水清，出山泉水浊。[4]

侍婢卖珠回，牵萝补茅屋。

摘花不插发，采柏动盈掬。

天寒翠袖薄，日暮倚修竹。

⊙ 注讲

[1]此诗作于乾元二年（759），即安史之乱的第五年，写一位在战乱之时失去父兄并被夫家遗弃的豪门女子，以这位女子的高贵品格抒发诗人自己的人格寄托。

[2]关中：旧称函谷关以西为关中，这里指长安一带。

[3]合昏：即夜合花，其花朝开夜合，故名合昏。

[4]在山泉水清，出山泉水浊：旧说以泉水在山比喻女子在夫家，以泉水出山比喻女子离开夫家，但细品诗意，应当是以泉水在山比喻佳人在山中自甘贫困、洁身自好的生活，即诗的末联"天寒翠袖薄，日暮倚修竹"所描绘的那种高洁姿态，故而为"清"，以出山比喻佳人离开山居生活，去山外世界追求富贵，故而为"浊"。

◈ **名句**　在山泉水清，出山泉水浊。

蜀　相[1]

杜　甫

丞相祠堂何处寻，锦官城外柏森森。[2]

映阶碧草自春色，隔叶黄鹂空好音。

三顾频烦天下计，两朝开济老臣心。[3]

出师未捷身先死，长使英雄泪满襟。

⊙ **注讲**

[1]题下原注："诸葛亮祠在昭烈庙西。"本诗是杜甫居成都游武侯祠时所作。蜀相指三国时蜀国丞相诸葛亮。

[2]锦官城：成都，三国时为蜀国都城。

[3]三顾频烦天下计：指刘备三顾茅庐，诸葛亮隆中对定天下三分之国策。频烦：即频繁。两朝开济老臣心：指诸葛亮辅佐先主刘备、后主刘禅两朝。

◇ **名句**　　出师未捷身先死，长使英雄泪满襟。

江 亭[1]

杜 甫

坦腹江亭暖，长吟野望时。[2]

水流心不竞，云在意俱迟。

寂寂春将晚，欣欣物自私。[3]

故林归未得，排闷强裁诗。[4]

⊙ **注讲**

[1] 此诗作于上元二年（761），杜甫其时居住在成都草堂，生活相对安定，于是在江亭之中享受野趣，但随即想到国乱未平，故乡仍然归不得，心中不免又生忧愁。

[2] 坦腹：典出《世说新语·雅量》。太傅郗鉴在京口的时候，派门生送信给丞相王导，想在他家挑个女婿。王导说："请您到东厢房随意挑选。"门生回去禀告郗鉴说："王家的那些公子还都值得夸奖，听说来挑女婿，就都拘谨起来，只有一位公子在东边床上袒胸露腹地躺着，好像没有听见一样。"郗鉴说："正是这个好！"查访之下，原来那人是王羲之，郗鉴便把女儿嫁给了他。

杜甫这里用"坦腹"一词，是形容自己逍遥自适，无拘无束。

[3]欣欣物自私：形容万物虽然欣欣向荣，但全然与诗人无关。

[4]故林：故乡。裁诗：作诗。

◇ **名句** 水流心不竞，云在意俱迟。

水槛遣心（二首之一）[1]

杜　甫

去郭轩楹敞，无村眺望赊。[2]

澄江平少岸，幽树晚多花。[3]

细雨鱼儿出，微风燕子斜。

城中十万户，此地两三家。[4]

⊙ **注讲**

　　[1]杜甫落脚在成都草堂后，颇花了一些心思经营自家的住处，还修了水槛（jiàn），即临水的槛屋（围有栏杆的房子），可供垂钓或赏玩风景。这首诗便是描写诗人在水槛所见的风光。

　　[2]郭：外城。古代城市规划一般有内外两重城墙，所谓内城外郭。轩：长廊。楹：柱子。赊：远。这一联是说自己的房子不在市区，所以盖得很宽敞；眼前没有村落，所以视野开阔。

　　[3]澄江平少岸，幽树晚多花：因为视野开阔，所以看到远处的江水似乎和江岸齐平，近处的树上开了不少花（这是远景和近景的对仗）。

[4]城中十万户，此地两三家：这一联把成都市区的繁华和草堂水槛的幽静做了一个非常鲜明的对照：城里有十多万户人家，我这里只有两三户人家。诗人没有做任何评论，既没有张扬幽静，也没有痛恨偏僻，意思是要让读者慢慢咀嚼的。这样的诗，就叫作有余味的诗。

◇ **名句** 细雨鱼儿出，微风燕子斜。

王国维《人间词话》评这一联说："境界有大小，不以是而分优劣。'细雨鱼儿出，微风燕子斜'，何遽不若'落日照大旗，马鸣风萧萧'？'宝帘闲挂小银钩'，何遽不若'雾失楼台，月迷津渡'也？"

不　见 [1]

杜　甫

不见李生久，佯狂真可哀。[2]

世人皆欲杀，吾意独怜才。[3]

敏捷诗千首，飘零酒一杯。[4]

匡山读书处，头白好归来。[5]

⊙ **注讲**

[1]题下原注："近无李白消息。"不见：取首句前二字为题，相当于"无题"。此诗当作于唐肃宗上元二年（761），为思念李白之作。李白第二年便卒于当涂。

[2]不见李生久，佯狂真可哀：安史之乱时，李白加入了永王李璘的阵营，决意助李璘平定叛乱，由此而建功立业，实现自己一生的政治理想，而李璘有觊觎帝位之心，终于被唐肃宗镇压下去，李白也因此受到牵连，被流放夜郎。杜甫是同情李白的，他相信李白只是意在安定国家，其狂态只是佯狂而已。

[3]世人皆欲杀，吾意独怜才：李白素来狂放不羁，得罪了不

少人，在获罪之时更有很多人觉得他罪有应得，应当从重惩处，只有极少数人为了使李白脱罪而四处奔走，杜甫所谓"世人皆欲杀"确实符合当时的情形。在世人对李白的一片谴责声中，杜甫说出"吾意独怜才"是需要很大勇气的。

[4]敏捷诗千首，飘零酒一杯：这一联可谓李白一生最简明有力的写照。

[5]匡山：四川大匡山，李白少年时曾经在此读书。杜甫此时正客居成都，希望李白能在垂暮之年返回故乡，或可樽酒论文。

◇ **名句** [1]世人皆欲杀，吾意独怜才。

[2]敏捷诗千首，飘零酒一杯。

登　楼[1]

杜　甫

花近高楼伤客心，万方多难此登临。[2]
锦江春色来天地，玉垒浮云变古今。[3]
北极朝廷终不改，西山寇盗莫相侵。[4]
可怜后主还祠庙，日暮聊为梁甫吟。[5]

⊙ 注讲

[1] 这首诗写于唐代宗广德二年（764），杜甫其时客居成都。

[2] 万方多难：广德元年（763），安史之乱方告平定，但吐蕃军队突入长安烧杀抢掠，为唐朝另立新帝，唐代宗仓皇出奔，待郭子仪刚刚收复长安，吐蕃军队又连连攻破四川诸州，唐王朝可谓一波未平，一波又起。

[3] 锦江春色来天地，玉垒浮云变古今：锦江、玉垒皆是诗人登楼所见之地。王嗣奭《杜臆》："玉垒山在灌县西，唐贞观间设关于其下，乃吐蕃往来之冲。"

[4] 北极：中央政府的代指，典出《论语·为政》"为政以德，

115

譬如北辰，居其所而众星共之"，北辰即北极。所谓"北极朝廷终不改"特指当时发生的一件国家大事：广德元年（763）十月，吐蕃攻陷京城，立广武王为帝，同年十二月，郭子仪收复京城，代宗复位。所谓"西山寇盗"也是特指一件具体的时事，即吐蕃于同年十二月入侵西山诸州。

[5] 可怜后主还祠庙，日暮聊为梁甫吟："后主"字面上是指蜀汉后主刘禅，暗喻唐代宗。"后主还祠庙"暗喻唐代宗在出奔之后又被郭子仪迎回了长安。梁甫吟：一作梁父吟，是古乐府曲名，是一种葬歌，《三国志·诸葛亮传》说诸葛亮"躬耕陇亩，好为《梁父吟》"。在这一联里，杜甫哀叹唐代宗无力重振盛唐之风，自己则只能像躬耕于南阳的诸葛亮那样吟唱《梁甫吟》来排解家国忧思了。

旅夜书怀[1]

杜 甫

细草微风岸，危樯独夜舟。[2]

星垂平野阔，月涌大江流。[3]

名岂文章著，官因老病休。[4]

飘飘何所似，天地一沙鸥。

⊙ **注讲**

[1]这首诗大约是杜甫离开成都草堂后经乐山、重庆到忠州的途中所作。

[2]危：高。樯：桅杆。

[3]星垂平野阔，月涌大江流：因平野寥廓而感觉星星像垂下来一般，因大江奔流而感觉月光倒映在江水里仿佛在随江水奔涌。

[4]名岂文章著：杜甫以诗文成名，但这里偏说"名岂文章著"，是认为自己的追求，自己所应当借以成名的事情还要超乎诗文之上。官因老病休：这是反语，杜甫是因为上疏议论时政而

遭到贬谪，并非因为老病。这次行旅漂泊与休官之事有关，故而有此一说。

◇ **名句** [1]星垂平野阔，月涌大江流。

[2]飘飘何所似，天地一沙鸥。

咏怀古迹（五首之二）[1]

杜 甫

摇落深知宋玉悲，风流儒雅亦吾师。[2]

怅望千秋一洒泪，萧条异代不同时。[3]

江山故宅空文藻，云雨荒台岂梦思。[4]

最是楚宫俱泯灭，舟人指点到今疑。[5]

⊙ 注讲

[1] 大历元年（766），杜甫在夔州写成《咏怀古迹》五首，借夔州和三峡一带的古迹抒发自己的身世之怀、家国之忧，其中最优秀的是第二、第三首，分别吟咏宋玉与王昭君。

[2] 宋玉：战国时楚国文学家，是继屈原之后的楚辞大家。宋玉的代表作《九辩》开篇便是"悲哉，秋之为气也，萧瑟兮草木摇落而变衰"，杜甫"摇落深知宋玉悲"便是从当下的秋色咏起，悬隔千载而共鸣于宋玉的诗句。

[3] 怅望千秋一洒泪，萧条异代不同时：杜甫自谓虽然与宋玉分属不同的时代，但惆怅失意的悲伤一般无二，故而在千载之后

遥想宋玉的生平，不禁怅然落泪。

[4]江山故宅空文藻：指夔州山河虽然留有宋玉的故居，但人们之所以怀念他，只是因为欣赏他华美的文藻而已，并不了解他那孤忠之志。云雨荒台岂梦思：意谓宋玉的名文《神女赋》虽然写的是荒诞的故事，但用意在于讽谏君王不可溺于淫欲，怎可能当作轻浮的文字来看待呢？

[5]最是楚宫俱泯灭，舟人指点到今疑：楚王的宫殿已经泯灭无存，连当地的船夫都指点不出准确的方向。杜甫以此来对比宋玉的故居与文辞留存至今，令无数后人缅怀。

咏怀古迹（五首之三）[1]

杜 甫

群山万壑赴荆门，生长明妃尚有村。[2]

一去紫台连朔漠，独留青冢向黄昏。[3]

画图省识春风面，环佩空归月夜魂。[4]

千载琵琶作胡语，分明怨恨曲中论。[5]

⊙ 注讲

[1]这首诗吟咏王昭君的身世，不是把昭君作为一个饱受委屈的小女子来写，而是要将她写得惊天动地，写出深刻的家国之思。至于这首诗在艺术手法上的高明之处，清人李子德有过一段中肯的评语："只叙明妃，始终无一语涉议论，而意无不包。后来诸家，总不能及。"

[2]群山万壑赴荆门，生长明妃尚有村：昭君村在荆门山附近，即今天湖北秭归的香溪，是王昭君的出生地。明妃：即王昭君，西晋时避司马昭讳，改称明君，又称明妃。

[3]去：离开。紫台：即紫宫，皇帝的居所。朔漠：北方沙

121

漠。青冢：王昭君的墓地，在今天内蒙古呼和浩特附近，传说冢上草色长青，故名青冢。

[4]画图省识春风面：据《西京杂记》记载，汉元帝时后宫女子众多，皇帝使画工画出每个女子的样貌，然后按图召幸。宫人因此都贿赂画工，希望画工将自己的容貌画得美些，只有王昭君自恃容貌美丽，不肯行贿，画工因此画丑了她的容貌，使她得不到皇帝的宠幸。后来匈奴呼韩邪单于来朝，提出和亲的请求，汉元帝看过画册之后，安排王昭君出嫁匈奴。待王昭君临行之时，汉元帝亲见其面，容貌竟为后宫第一。汉元帝深深懊悔，但没法对匈奴反悔，只好送走了王昭君。事后，汉元帝追究这件事情，杀掉了画工毛延寿。省识：认识。春风面：形容王昭君的美貌。环珮：女子佩戴的饰物。

[5]分明怨恨曲中论："论"字读作 lún。

阁 夜[1]

杜 甫

岁暮阴阳催短景，天涯霜雪霁寒宵。[2]
五更鼓角声悲壮，三峡星河影动摇。[3]
野哭几家闻战伐，夷歌数处起渔樵。[4]
卧龙跃马终黄土，人事音书漫寂寥。[5]

⊙ **注讲**

[1]阁夜：即阁中之夜，这是唐代宗大历元年（766）冬天杜甫在夔州西阁夜中所作，是时四川一带战乱方歇，杜甫的好友李白、高适，以及他在四川所依附的严武均已去世。这首诗从表现手法上看，八句诗构成了四组对仗，章法森严，但读起来气势磅礴，一点都不觉得呆板。胡应麟《诗薮》中认为杜甫的七律有几首可称"千秋鼻祖"，这首《阁夜》便是其中之一。

[2]阴阳：日月。短景：即短影，冬天日短，故称短影。霁（jì）：雨雪停。

[3]鼓角：军中用于报时和传令的乐器。

[4]夷歌：少数民族的歌曲，夔州是汉族与少数民族杂居的地区。

[5]卧龙：指诸葛亮。跃马：指公孙述，语出左思《蜀都赋》"公孙跃马而称帝"。公孙述于西汉末年趁天下动乱之时割据蜀地，自称白帝，并大力营建白帝城，后来被刘秀所灭。公孙述在蜀颇有德政，蜀地人民为他建有祠庙，称为白帝庙，到唐代仍有祭祀。杜甫此时在夔州西阁，应当可以望见白帝城郊的武侯祠和白帝庙，故感而言此。漫：随便，随意。这一联的大意是说，诸葛亮、公孙述这样大名鼎鼎的豪杰人物终归一死，我自身这点坎坷，得不到朋友书信的这点寂寞，又算得了什么呢？

◎ **名句** 五更鼓角声悲壮，三峡星河影动摇。

登　高[1]

杜　甫

风急天高猿啸哀，渚清沙白鸟飞回。[2]

无边落木萧萧下，不尽长江滚滚来。[3]

万里悲秋常作客，百年多病独登台。[4]

艰难苦恨繁霜鬓，潦倒新停浊酒杯。[5]

⊙ 注讲

[1]这首诗是杜甫最有名的一首七律，把七律这种体裁的特点发挥到了极致，所谓"一篇之中，句句皆律；一句之中，字字皆律"，因而被前人推崇为古今七律第一。诗歌作于唐代宗大历二年（767），杜甫在夔州登高，眺望长江景物。

[2]风急天高猿啸哀：夔州向来以多猿著称，附近巫峡则以风急而闻名。

[3]落木：落叶。

[4]常作客：杜甫一生颠沛流离，此时流寓夔州，抚今追昔，故称"常作客"。

[5]潦倒新停浊酒杯：杜甫此时刚刚因肺病而戒酒，诗句意谓潦倒之中想要借酒浇愁，却连酒也喝不得。

◇ **名句** 无边落木萧萧下，不尽长江滚滚来。

春　梦[1]

岑　参

洞房昨夜春风起，故人尚隔湘江水。[2]
枕上片时春梦中，行尽江南数千里。[3]

❖ 诗人小传

岑参（715—770），出身于官宦家庭，因为长期做节度使的幕僚，对边塞生活非常了解，边疆的城堡、要塞没有他没去过的，所以写出来的边塞诗歌别具一格，别人写不出来。岑参在当时就很有诗名，杜甫还向朝廷推荐过他，说他见识高远，希望朝廷能够让他出任谏官。岑参在55岁那年做到嘉州（今四川乐山）刺史，故而世称岑嘉州。岑参的诗歌由于风格过于独特，喜欢它们的人就会非常喜欢，比如陆游就推崇岑参是李白、杜甫之后的第一人。

岑参之名，今人一般读作岑参（shēn），其实应该读作岑参（cān），古人诗词里韵脚处提到岑参的，"参"押的都是an韵，如孔平仲《子瞻子由各有寄题小庵诗却用元韵和呈》有"二公

127

俊轨皆千里，两首新诗寄一庵。大隐市朝希柱史，好奇兄弟有岑参"。

⊙ 注讲

[1]岑参以边塞诗成名，但那些作品今天读来过于佶屈聱牙，所以本书特地选取了这样一首清新的小品。唐诗写梦的作品虽多，但基本是抒发客愁与闺怨的，这首《春梦》的主题则相当独特。

[2]洞房：深邃的内室。古时"洞房"一词并不像今天这样特指新婚夫妇的卧室，男人的卧室也可以称为洞房。

[3]枕上片时春梦中，行尽江南数千里：这两句诗曾经引发过一场颇有趣味的讨论，有人说世上最快的莫过于人的思想，可以在弹指之间飞跃上下五千年、纵横九万里，但反驳者说：思想并不曾真的跑去多远，在枕上片时春梦中并不曾真的行尽江南数千里，而仅仅是调出了对数千里外江南故人的印象而已。

◇ **名句**　枕上片时春梦中，行尽江南数千里。

枫桥夜泊[1]

张　继

月落乌啼霜满天，江枫渔火对愁眠。[2]

姑苏城外寒山寺，夜半钟声到客船。[3]

❖ 诗人小传

张继，生卒年不详，字懿孙，唐玄宗天宝十二年（753）进士。张继很有道家之风，并未在仕途上认真发展，官职不过做到洪州（今江西南昌市）的盐铁判官。张继出身于文学世家，颇有家学渊源，诗写得很好，只可惜流传下来的不多，几乎仅以《枫桥夜泊》一首诗名垂千古了。

◉ 注讲

[1] 枫桥：在苏州西郊。

[2] 江枫渔火对愁眠：意谓愁人对着江枫渔火而眠。

[3] 夜半钟声到客船：唐代寺院有夜半敲钟的传统，唐诗当中多有描述，有人说这是为了子夜报时。

黄鹤楼中吹玉笛，江城五月落梅花。

海日生残夜，江春入旧年。

国破山河在，城春草木深。

出师未捷身先死，长使英雄泪满襟。

星垂平野阔，月涌大江流。

飘飘何所似，天地一沙鸥。

五更鼓角声悲壮，三峡星河影动摇。

无边落木萧萧下，不尽长江滚滚来。

省试湘灵鼓瑟[1]

钱　起

善鼓云和瑟，常闻帝子灵。[2]

冯夷空自舞，楚客不堪听。[3]

苦调凄金石，清音入杳冥。[4]

苍梧来怨慕，白芷动芳馨。[5]

流水传潇浦，悲风过洞庭。

曲终人不见，江上数峰青。[6]

❖ **诗人小传**

　　钱起（722—780），字仲文，唐玄宗天宝十年（751）进士，活跃在唐代宗大历年间，是"大历十才子"之一。钱氏一门多出才子，钱起的儿子钱徽也擅长作诗，草书大师怀素则是钱起的外甥。钱起和郎士元齐名，并且有趣的是，他们都是以应酬诗备受时人称赞，然而在今天看来，应酬的套话太多却成了钱起诗歌最大的毛病。钱起做官做到尚书考功郎中，所以世称钱考功，文集叫作《钱考功集》。《省试湘灵鼓瑟》是他最出色的诗作。

⊙ 注讲

[1] 省试：唐代士子在科举及第之后还要参加吏部考试，合格之后才能授官，吏部考试称作省试。"湘灵鼓瑟"是省试时的试题，语出《楚辞·远游》"使湘灵鼓瑟兮，令海若舞冯夷"，考生要根据这个题目写一首六韵的五言诗。这样的诗叫作试帖诗，钱起这首被誉为历代试帖诗的典范。

[2] 云和：山名，古取所产之材以制作琴瑟，后来成为琴瑟琵琶等弦乐器的代称。常闻帝子灵：语出《楚辞·九歌》"帝子降兮北渚"，帝子一般认为是舜的妻子娥皇、女英，当舜于南巡途中死于苍梧后，娥皇、女英在湘江岸上哭泣，泪水打湿了竹子，竹子上从此留有斑痕，故此人称湘妃竹。娥皇、女英在悲恸之下投湘水而死，化为湘水女神，是为湘灵。

[3] 冯夷空自舞：语出《楚辞·远游》"使湘灵鼓瑟兮，令海若舞冯夷"。楚客：行经楚地之人。

[4] 苦调凄金石：凄苦的旋律使铁石心肠的人也会为之感动。杳冥：辽远的天际。

[5] 苍梧：传说舜帝南巡途中死于苍梧。怨慕：泛指因不得相见而思慕。白芷：一种香草，《楚辞·招魂》有"菉蘋齐叶兮白芷

生", 这里暗用"招魂"之意。

[6]曲终人不见, 江上数峰青:《旧唐书》记载钱起曾在一个旅途中的夜晚独自吟诗, 忽然听到窗外也有人吟诗, 出门看时却人迹杳然, 只记得那人的吟哦中有两句是"曲终人不见, 江上数峰青"。当钱起参加省试时, 试题恰好是"湘灵鼓瑟", 于是将这两句诗用在了全诗结尾。

◇ **名句** 曲终人不见, 江上数峰青。

朱光潜曾说这一联写出了中国诗歌里罕有的静穆境界, 就连屈原、阮籍、李白、杜甫都不曾达到。按朱先生举的例子来想, 那几位诗歌巨擘的作品在情绪上实在大起大落了一些, 喜则狂喜(如杜甫"漫卷诗书喜欲狂"), 怒则暴怒(如李白"安能摧眉折腰事权贵, 使我不得开心颜"), 距离儒家"温柔敦厚"的诗教理论尚且有些距离, 和"静穆"之境就更加远了。

寒 食[1]

韩 翃

春城无处不飞花，寒食东风御柳斜。[2]

日暮汉宫传蜡烛，轻烟散入五侯家。[3]

❖ 诗人小传

　　韩翃，生卒年不详，字君平，唐玄宗天宝末年进士及第，"大历十才子"之一。韩翃的知名，主要是因为他成了传奇小说里的主人公，演绎了一场极尽凄美的爱情故事。故事是这样的：韩翃在京城与柳氏相恋，后来进士及第，回乡省亲，没想到这一去正赶上安史之乱爆发，京城陷落，一对有情人从此天地悬隔，不知道何年何月才能再见。滞留京城的柳氏在叛军打来的时候，怕美丽的容颜给自己招惹祸端，便削发为尼，躲到了法灵寺里。终于等到安史之乱平定了，韩翃已经做了淄清节度使侯希逸幕府中的书记，终于有机会请人前去寻访柳氏。使者不负所托，找到了柳氏，把韩翃的书信交给了她。那是一首小词："章台柳，章台柳，昔日青青今在否？纵使长条似旧垂，也应

135

攀折他人手。"短短几句，有关心，更有焦虑，有担忧，更有恐惧。柳氏一介弱质女子，飘零在这波诡云谲的乱世，就像颜色青青的柳枝陷入了无边无尽的狂风暴雨，当好容易挨到风收雨住，那柳枝还能够存活下来吗？那青青的颜色不曾凋谢了吗？纵然容颜依旧，是否早已经属于别人了呢？

乱世之中，平凡小男女的平凡幸福已经成为多么大的奢望。柳氏读着这首词，呜咽不止，也以一首词来作答，请使者带回给韩翃："杨柳枝，芳菲节，可恨年年赠离别。一叶随风忽报秋，纵使君来岂堪折。"足足八年的动乱，芳菲时节的柳枝已经挨到了秋天，纵使有情人终于重逢，青春也已经变作了沧桑。

但重逢是那么令人期待，终于，韩翃随着侯希逸入朝见驾，眼看着有情人历尽劫难而终成眷属。但命运仍嫌对他们的捉弄不够，作为平定安史之乱的外援功臣，蕃将沙吒利就在这个时候抢走了法灵寺里的柳氏，青青的杨柳枝有惊无险地躲过了动乱，却在和平刚刚降临的时候"攀折他人手"了。

这样的一个逆转让韩翃忧愤交加，就在这个时候，侯希逸部下一名叫作许俊的将领任侠仗义，代韩翃出手，硬是从沙吒利的府邸里把柳氏抢了出来。这可绝对不是一件小事，连朝廷都为之惊动，好在代宗皇帝既感叹韩翃与柳氏的这段多灾多难的乱世因缘，又赞赏许俊的侠义，判定给沙吒利以额外的赏赐，让柳氏复归韩翃。

⊙ 注讲

[1] 寒食：即寒食节，在每年四月四日，该日禁烟火，只吃冷食，故称寒食节。

[2] 御柳：皇家园囿之柳。当时风俗会在寒食节期间折柳插门。

[3] 日暮汉宫传蜡烛，轻烟散入五侯家：寒食在清明的前两天，从这天开始，人们禁火三日，只吃现成的冷食，等到了清明节再重新开火。这也正是郊游踏青的时候，新的火种象征着新的生活开始了。而在唐代，官场上更有一种风俗，清明取新火的时候，是由皇帝派人在日暮时分手持蜡烛，把火种传播到各位朝臣的府里，而这个景象，正是韩翃诗中的"日暮汉宫传蜡烛，轻烟散入五侯家"。汉宫：即唐宫。唐人每每以汉喻唐，把唐皇说成汉皇，把唐宫说成汉宫。五侯：一说是指东汉梁冀一门五侯，一说是指单超等五名诛灭梁冀有功的宦官被同日封侯，这里泛指达官显贵。

当时的唐朝，刚刚经历过安史之乱，国计民生遭遇了前所未有的动荡，在上者连皇帝都避难流亡，在下者无论小官小吏还是平民百姓，过的更是命如草芥的颠沛流离的日子。在这样的日子之后，那传入五侯家的所谓"轻烟"，不正是清清淡淡的一点太平的萌芽吗？

寒食禁火，清明传播新火，年年如此，但只有这一年，在这场巨大的社会动荡之后，这春城，这飞花，这东风，这御柳，这轻烟，突然具有了一种崭新的象征意义，象征着动乱结束了，新生开始了，天下太平了，人们迎来的不仅是季节的春天，更是生活的春天、政治的春天。对于这样的诗歌含义，经历过沧桑的德宗皇帝自然感慨系之。有一次制诰的职位有了空缺，德宗钦点韩翃担任。当时的江淮刺史也叫韩翃，宰相不知道圣意谁属，德宗皇帝批复道："'春城无处不飞花'韩翃也。"

滁州西涧[1]

韦应物

独怜幽草涧边生，上有黄鹂深树鸣。[2]

春潮带雨晚来急，野渡无人舟自横。

❖ 诗人小传

　　韦应物（737—792），出身于关中望族，官宦世家。当时的高官子弟一般会在年轻时出任郎官，也就是做皇帝的侍卫，韦应物也不例外。他在那一时期任侠仗义，放浪形骸，是典型的浪荡公子做派，甚至于"身作里中横，家藏亡命儿"（这是晚年韦应物回忆少年生涯时写下的诗句）。后来安史之乱爆发，唐玄宗去世，韦应物大受触动，从此折节读书，变成了一名恬淡闲雅的诗人。诗人韦应物把陶渊明当作偶像，无论写诗还是生活，处处都向陶渊明看齐。尤其在卸任之后，韦应物闲居于寺院之中，清心寡欲，不理俗务，生活得如同自己诗中的情调一般。

[1]滁州西涧：此诗是韦应物在滁州刺史的任上所作。滁州：在今安徽滁州以西。

[2]怜：爱怜。深树：树丛深处。

◈ **名句** 春潮带雨晚来急，野渡无人舟自横。

写　情[1]

李　益

水纹珍簟思悠悠，千里佳期一夕休。[2]

从此无心爱良夜，任他明月下西楼。

❖ 诗人小传

　　李益（约750—约830），大历四年（769）进士，才华横溢而恃才放旷，很会得罪人。也许是因为这个缘故，李益在授职之后久久得不到升迁，而眼看着当年的同榜进士纷纷飞黄腾达，李益的心里越发不能平衡，终于在忍无可忍之下辞官而去，在燕赵大地纵情漫游，两度受到节度使的聘任。李益相貌英俊，风流放旷，以诗歌才华著称当世。他每写完一首诗，宫廷乐师们就争着送上财物以求取，然后谱以雅乐，演唱给皇帝听。唐宪宗听说了李益的诗名，便召他入朝做官，但他恃才傲物的性情不改，忍无可忍的谏官们从他的诗作里搜罗了一些可供引申的句子，指证他对皇帝不敬。李益因此被降了职，但不久又官复原职，终于以礼部尚书的高级官衔退休。

传说李益年轻时猜忌心很重，总是用严苛的手段防范妻妾出轨，甚至有散灰扃户的传闻。蒋防以李益为主角写了一部传奇小说《霍小玉传》，内容是说李益与妓女霍小玉相恋而同居，但在李益做官之后，聘表妹卢氏为妻，与小玉断绝了来往。小玉相思成疾，后来得知李益负心，悲愤欲绝，临死之前忽有豪侠挟持李益而至，小玉誓言死后必为厉鬼报复。李益娶卢氏之后很快便因猜忌而休妻，后来续娶、三娶，也都是一般的结局。《霍小玉传》是唐传奇的经典之作，但它究竟真的是以李益的私生活为蓝本的，抑或传闻中李益的私生活是在《霍小玉传》的基础上被人敷衍的，我们便无从得知了。无论如何，《霍小玉传》给李益带来了极大的名声，使他成为"大历十才子"当中最著名的两人之一，而两人中的另一人，韩翃，也是因为一则传奇逸事而声名大噪的，事见本书《诗人小传·韩翃》。

⊙ **注讲**

[1] 写情：这是一首描写失恋者夜不能寐、苦苦相思的诗，尤其描写失恋之后万念俱灰，从此之后，无论是清爽的夜色还是美丽的月色，都打不起精神来欣赏了。

[2] 水纹珍簟思悠悠：描写诗人在夜晚躺在一张精美的竹席上思绪万千。水纹珍簟：绘有水纹的珍贵的竹席。簟（diàn）：竹

席。千里佳期一夕休：形容诗人原本对恋人千里相会的期待突然落空了。

◈ **名句** 从此无心爱良夜，任他明月下西楼。

题破山寺后禅院[1]

常 建

清晨入古寺，初日照高林。

竹径通幽处，禅房花木深。

山光悦鸟性，潭影空人心。

万籁此俱寂，但余钟磬音。[2]

❖ 诗人小传

常建（708—约765），唐玄宗开元十五年（727）进士，同榜的还有大诗人王昌龄。常建在仕途上很不顺利，于是索性放弃了仕途发展，整日里听琴饮酒，游山玩水。据说常建在仙谷中采药的时候遇见过一个浑身长有绿毛的女子，自称是秦朝宫女逃到山里来的，一直以松叶为食，并不感觉饥寒。这位女子将服食松叶的办法教给了常建，后来常建邀请王昌龄等人一同隐居，在当时影响很大。常建擅写山水田园诗，构思精妙，时有警句。

⊙ **注讲**

[1]破山：山名，在今江苏常熟。寺：指兴福寺。

[2]万籁此俱寂：这句诗正是成语"万籁俱寂"的出处。籁：从孔穴中发出的声音；万籁：自然界中万物发出的各种声响，磬（qìng）：古代乐器，用石或玉雕成，悬挂于架上，击之而鸣。

◈ **名句**　竹径通幽处，禅房花木深。

欧阳修深爱这一联，很想效仿其语境创作新的一联，却始终写不出来，后来他在青州的一处山斋歇脚，亲身体会到这一联所描述的佳境，但当自己提笔要写的时候，却依旧写不出来。

节妇吟[1]

张 籍

君知妾有夫，赠妾双明珠。

感君缠绵意，系在红罗襦。

妾家高楼连苑起，良人执戟明光里。

知君用心如日月，事夫誓拟同生死。

还君明珠双泪垂，恨不相逢未嫁时。[2]

❖ **诗人小传**

张籍（约766—约830），字文昌，唐德宗贞元十五年（799）进士，做过水部员外郎，世称张水部。张籍做官做得不高，但名望很高，常与名士们交往赠答。张籍和韩愈关系最好，可谓推心置腹，但张籍脾气急躁，性格张狂，常常责备、讥讽韩愈，幸好韩愈并不介怀。在唐诗的发展史上，继李白、杜甫之后，在唐宪宗元和年间，张籍和元稹、白居易以风格明快的乐府诗歌扬名天下，成为诗坛宗主，他们的乐府诗歌被称为元和体。

⊙ 注讲

[1] 诗题之下原有自注："寄东平李司空师道。"这首诗虽然字面上是吟咏一位贞洁的女子,其实却是一封婉拒节度使李师道邀请自己去幕府供职的书信。当时,藩镇李师道四处笼络人,渐成与中央政府分庭抗礼之势,张籍因为名望很高,也在李师道的笼络之列。于是,张籍便写了这首诗作为对李师道的婉拒,借节妇的口吻表白心志:您的好意我心领了,但我这一生还是要忠于朝廷的。这便是诗词自《离骚》以来的一个重要传统:以男女情事寄托别样情怀。

[2] 这首诗语义非常连贯,开篇便说"君知妾有夫,赠妾双明珠",这是以女子的口吻对某位男子说:你明明知道我已经嫁了人,却还是送我明珠以示爱。话讲得很明白,隐隐有些不满的意思,那位男子虽然很有爱情勇气,但毕竟不合礼法。但是,对这样不合礼法的示爱,女子并没有严词拒绝,而是"感君缠绵意,系在红罗襦",是说我被你那缠绵的爱意所感动,便收下了这对珠子,系在我的衣带上。

诗歌写到这里,陡然有了一个转折:"妾家高楼连苑起,良人执戟明光里",女子诉说自己的婚姻家庭:"高楼连苑"意味着高贵的门第,丈夫在做皇帝的侍卫,仪表堂堂,身份不凡。可以抛弃这样的夫君吗?可以玷污这样的门第吗?"知君用心如日月,事夫誓拟同生死",我知道你对我用心良苦,那份真诚日月可鉴,

147

但我已经立过誓，无论生死贫富都要与夫君不离不弃。那一对表达你心意的明珠，我虽然很喜欢，但终究不能接受，"还君明珠双泪垂，恨不相逢未嫁时"，我噙着眼泪把明珠交还给你，很遗憾没能在未嫁的时候遇到你。

就这样，"系在红罗襦"的那一对明珠终于还是被女子解了下来，还给了它们原先的主人。这位女子也终于保持了一个节妇的操守，尽管恋恋不舍，尽管心有遗憾，但总算做了正确的决定。

◎ **名句**　还君明珠双泪垂，恨不相逢未嫁时。

十五夜望月寄杜郎中[1]

王 建

中庭地白树栖鸦，冷露无声湿桂花。[2]
今夜月明人尽望，不知秋思落谁家。[3]

❖ 诗人小传

王建（768—835），字仲初，唐代宗大历年间进士，只做过一些低级官职，有时候穷到连基本的衣食都要忧心。王建有若干年的边塞从军经历，那时候弓与剑从不离身。从这些经历来看，王建似乎应该擅写边塞诗，然而他是以乐府和宫词成名的。王建的乐府诗在当时与张籍齐名，合称"张王乐府"，宫词则细致地描写了宫廷女子的生活与怨情。

王建之所以能够把宫词写得独步天下，一个重要的原因是他与当时气焰熏天的宦官王守澄是同宗兄弟，王守澄给他讲了很多深宫内幕。后来在一次相聚饮酒时王建说了宦官的一些坏话，王守澄很不愉快，语带威胁地说："你写了那么多宫词，而深宫内院之事你又是如何得知的，你今天得把这件事向皇帝奏明。"王建以诗向王守澄致歉，而诗的最后两句是："自是姓同亲说向，九重争得外人知。"王守澄怕事情牵累到自己，这才作罢。但也有人怀疑这个故事的真伪，认为唐代诗人一向描写宫禁之事无所忌讳，王建那首诗只不过是夸耀自己和王守澄关系密切罢了，并没有要挟对方的意思。

⊙ **注讲**

[1]十五夜：八月十五之夜，中秋时分。杜郎中：不详何人。

[2]桂花：这是想象月中桂树上的花朵。

[3]谁家：即"谁"。"家"是语尾助词，无实义。

◈ **名句** 今夜月明人尽望，不知秋思落谁家。

牡　丹

薛　涛

去春零落暮春时，泪湿红笺怨别离。[1]

常恐便同巫峡散，因何重有武陵期。[2]

传情每向馨香得，不语还应彼此知。

只欲栏边安枕席，夜深闲共说相思。

❖ 诗人小传

　　薛涛（约768—832），字洪度，出身官宦之家，幼年随父亲入蜀。父亲死后，薛涛无依无靠，终于落入乐籍，做了成都的一名乐伎。薛涛八九岁的时候便知晓音律，颇显诗才，一天父亲在庭院里指着一棵梧桐树吟出两句诗："庭除一古桐，耸干入云中。"让薛涛把诗续完，薛涛接口便说："枝迎南北鸟，叶送往来风。"诗句虽然工整，才思虽然敏捷，诗意却暗含着"迎来送往"，父亲为此愀然良久，担心这是否预示着女儿未来的命运。

　　待薛涛长到16岁时，颇具姿色，诗才也已经闻名遐迩。她在成都浣花里操持乐伎的营生，果真迎来送往。她院落的东北就是通往京城长安的大道，而来往之人到了这里都舍不得离开。元和年间，诗人元稹到蜀地公干，秘密地寻访薛涛，当地节度使知情之后便把薛涛送去侍奉元稹。诗人武元衡也是薛涛的仰慕者之一，当他入朝为相之后，还曾奏请朝廷授予薛涛校书郎之职，蜀地之人从此将妓女雅称为校书。

薛涛在成都和当时的许多文人名士如白居易、元稹、杜牧等多有诗歌唱和。这种诗歌唱和，多是一张纸上写一首律诗或绝句，但当时的纸张尺寸较大，以大纸写小诗，不够精美。薛涛便让造纸工匠特地改小尺寸，做成小笺，自己又发明了新奇的染色技法，能染出深红、粉红、明黄等十种颜色，这就是所谓的"十样变笺"，不是普通的信笺，而是专门的诗笺。在这十样变笺之中，薛涛独爱深红色，而且除染色之外，还以花瓣点缀，更添情趣。韦庄专门写过一首《乞彩笺歌》，把它比作出自神仙之手的天上烟霞，"人间无处买烟霞，须知得自神仙手"，但这种纸也贵重得很，贵重到"也知价重连城璧，一纸万金犹不惜"。人们把这种特殊的红笺称作薛涛笺，认为这是一种风雅至极的事物。直到清代，诗人们提及雅致的信笺时还是习惯以红笺或薛涛笺称之。

⊙ 注讲

[1]红笺：即薛涛自制的诗笺，参见《诗人小传》。

[2]常恐便同巫峡散，因何重有武陵期："巫峡"是用巫山神女的典故，诗人在这里是说生怕自己与牡丹的约会就像楚襄王和巫山神女的相会那样，如梦似幻，一旦朝云散去，便只剩下空荡荡的怅惘。"武陵期"则是混用了两个典故，一是陶渊明的《桃花源记》，二是刘晨、阮肇偶遇仙女的传说，意味着自己与牡丹的遇合之难。这样说来，诗意所指到底是牡丹还是情人，就更加耐人寻味了。而诗艺之妙，就妙在这扑朔迷离的朦胧之境。

左迁至蓝关示侄孙湘[1]

韩　愈

一封朝奏九重天，夕贬潮州路八千。[2]

欲为圣朝除弊事，肯将衰朽惜残年。[3]

云横秦岭家何在，雪拥蓝关马不前。[4]

知汝远来应有意，好收吾骨瘴江边。[5]

❖ 诗人小传

韩愈（768—824），字退之，幼年父母双亡，靠嫂嫂抚养读书，19岁进京参加科举考试，考了六年才考中。唐朝制度，科举及第之后还要通过吏部考试才能授官，韩愈考了三次都没考中，只好向宰相写信求助，写了三封信，一封比一封言辞恳切，但每一封信都是泥牛入海，所以韩愈久久得不到官做，困居京城，以至于穷愁潦倒。后来几经辗转，韩愈终于入朝任职，但仕途也总是蹭蹬坎壈，尤其因为劝谏唐宪宗迎佛骨之事几乎被杀。

韩愈死后声名鹊起，如同泰山北斗一般被学人仰望，他当年的主张也越来越被人奉为圭臬。韩愈曾与柳宗元共同提倡古文运动，提倡为文质朴，标榜散文而反对骈文，反对六朝以来的浮艳文风。苏轼说他"文起八代之衰"，明朝人把他推尊为"唐宋八大家"之首。韩愈的诗歌并不像散文那么杰出，但很有特色，尤其是以散文笔法入诗，用字古拙，几乎因此没了诗味。

⊙ 注讲

[1]元和十四年正月，唐宪宗欲将法门寺所藏的佛指骨舍利迎入皇宫供奉，引发了京城百姓的信仰狂潮，而韩愈素来反对佛教，写了一篇《谏佛骨表》劝谏宪宗皇帝，言辞十分激切，说应该把佛骨彻底销毁。唐宪宗震怒，要杀韩愈，宰相裴度等人极力救援，才将韩愈贬为潮州刺史。这首诗是韩愈离京赴潮州途中所作。左迁：古人以右为尊，故称升职为右迁，降职为左迁。蓝关：蓝田关，在长安附近。侄孙湘：韩愈的侄孙韩湘，即民间"八仙"传说中的韩湘子，此时赶来为韩愈送行。

[2]一封朝奏九重天，夕贬潮州路八千：早晨上奏劝谏迎佛骨之事，晚上就被贬到八千里外的潮州。潮州：在今广东东部。

[3]弊事：指佛教。韩愈是强硬的反佛派。

[4]秦岭：指终南山。

[5]汝：指侄孙韩湘。好收吾骨瘴江边：唐人视潮州为荒蛮瘴

疠之地，认为中原人在那里很难活得下去，所以韩愈此去潮州是抱着必死之心的。

◎ **名句** 云横秦岭家何在，雪拥蓝关马不前。

西塞山怀古[1]

刘禹锡

王濬楼船下益州，金陵王气黯然收。[2]

千寻铁锁沉江底，一片降幡出石头。[3]

人世几回伤往事，山形依旧枕寒流。[4]

今逢四海为家日，故垒萧萧芦荻秋。[5]

❖ 诗人小传

刘禹锡（772—842），字梦得，唐德宗贞元九年（793）进士，官监察御史。当时朝廷上有改革派和保守派，刘禹锡是改革派的一员大将，和另一位文学名家柳宗元一起热心支持改革领袖王叔文。王叔文终于在政治斗争中失败，改革派遭到灭顶之灾，重要人物连番被贬官外放，刘禹锡也在其中。

正史向来对改革派颇多微词，于是传统上常常把刘禹锡看成一个才高而德薄的人，不像今天总是把他看作坚毅不屈的改革家而赞美。刘禹锡在中国思想史上也有一席之地，因为他写过著名的论文《天论》，探讨自然界和人类社会的关系，唯物主义倾向很重，这在当时来说颇不一般。

刘禹锡以严谨的学者态度来写诗，认为诗歌语言虽然可以有些生僻字，但字字须有出处，不能臆造。他甚至不敢把"糕"字写进诗里，因为儒家经典里没有这个字。但刘禹锡除了这学究气的一面之外，还有完全相反的一面：当他被贬为朗州司马的时候，发现当地人虔信鬼神，祭祀的时候要唱一种叫作《竹枝》的歌曲，鼓吹作乐，歌声粗野。刘禹锡说当年屈原写了《九歌》，让楚人用它来迎神送神，所以自己绍述前贤，依当地的曲调来写《竹枝词》供朗州人在祭祀时歌唱。刘禹锡的《竹枝词》在文学史上很有名，充满清新可喜的民歌气息。

⊙ 注讲

[1]西塞山：在今湖北省黄石市，紧邻长江，六朝时在此设置过军事要塞。

[2]王濬楼船下益州，金陵王气黯然收：晋武帝准备伐吴，派王濬督造大型战船，因船上建楼故称楼船。其后晋武帝以贾充为帅统领六路大军伐吴，王濬统率六军之一。益州与金陵相距甚远，但诗人强调王濬楼船一"下"益州，金陵的王气便黯然消失。金陵，今南京，吴国建都于此，古人相信王者建都之地有所谓王气。

[3]千寻铁锁沉江底，一片降幡出石头：东吴建平太守吾彦提醒吴主孙皓防备晋人水军东下，孙皓不加重视，吾彦自己不得已而设置拦江铁锁，试图阻挡晋朝的水军，铁索却被晋军用火烧熔。石头：石头城，吴国孙权迁都秣陵（今南京），在石头山筑城，取名石头城，扼守长江险要。当王濬从武昌顺流直向金陵攻进石头城时，吴主孙皓出营门投降。

[4]山形：指西塞山。寒流：指长江。

[5]今逢四海为家日：指天下一统，四海之内都是李唐一家一姓的天下。故垒：指西塞山旧日的军事要塞。

竹枝词（二首之一）[1]

刘禹锡

杨柳青青江水平，闻郎江上唱歌声。
东边日出西边雨，道是无晴却有晴。[2]

⊙ 注讲

[1]竹枝词：刘禹锡被贬为朗州司马的时候，发现当地人虔信鬼神，祭祀的时候要唱一种叫作《竹枝》的歌曲，鼓吹作乐，歌声粗野。刘禹锡说当年屈原写了《九歌》，让楚人用它来迎神送神，所以自己绍述前贤，依当地的曲调来写《竹枝词》供朗州人在祭祀时歌唱。刘禹锡的《竹枝词》在文学史上很有名，充满清新可喜的民歌气息。

[2]东边日出西边雨，道是无晴却有晴："晴"与"情"谐音，诗句以不知天色无晴或有晴来暗示女子不知所慕男子对自己是无情抑或有情。谐音双关，这是民歌的经典表现手法。

◎ **名句**　东边日出西边雨，道是无晴却有晴。

乌衣巷[1]

刘禹锡

朱雀桥边野草花，乌衣巷口夕阳斜。[2]

旧时王谢堂前燕，飞入寻常百姓家。[3]

⊙ **注讲**

[1]刘禹锡分别吟咏金陵五处古迹，这组诗合称"金陵五题"，《乌衣巷》是其中之一。乌衣巷：在今南京东南，是东晋王、谢两大世家的居处。王、谢子弟多穿乌衣，此地故名乌衣巷。

[2]朱雀桥：在乌衣巷附近，是六朝时代都城正南门（朱雀门）外的大桥，是当时的交通要道。野草花：野草开花。

[3]旧时王谢堂前燕，飞入寻常百姓家：这一联感叹物是人非，当年王、谢贵族宅邸已成废墟，而废墟上如今又建起了平民百姓的住宅，燕子虽然年年都在原处筑巢，但屋舍主人的身份早已变了。

◇ **名句** 旧时王谢堂前燕，飞入寻常百姓家。

长恨歌 [1]

白居易

汉皇重色思倾国，御宇多年求不得。[2]

杨家有女初长成，养在深闺人未识。

天生丽质难自弃，一朝选在君王侧。

回眸一笑百媚生，六宫粉黛无颜色。

春寒赐浴华清池，温泉水滑洗凝脂。

侍儿扶起娇无力，始是新承恩泽时。

云鬓花颜金步摇，芙蓉帐暖度春宵。[3]

春宵苦短日高起，从此君王不早朝。

承欢侍宴无闲暇，春从春游夜专夜。

后宫佳丽三千人，三千宠爱在一身。

金屋妆成娇侍夜，玉楼宴罢醉和春。

姊妹弟兄皆列土，可怜光彩生门户。

遂令天下父母心，不重生男重生女。[4]

骊宫高处入青云，仙乐风飘处处闻。

缓歌慢舞凝丝竹，尽日君王看不足。

渔阳鼙鼓动地来，惊破霓裳羽衣曲。[5]

九重城阙烟尘生，千乘万骑西南行。[6]

翠华摇摇行复止，西出都门百余里。[7]

六军不发无奈何，宛转蛾眉马前死。[8]

花钿委地无人收，翠翘金雀玉搔头。[9]

君王掩面救不得，回看血泪相和流。

黄埃散漫风萧索，云栈萦纡登剑阁。[10]

峨嵋山下少人行，旌旗无光日色薄。[11]

蜀江水碧蜀山青，圣主朝朝暮暮情。

行宫见月伤心色，夜雨闻铃肠断声。[12]

天旋地转回龙驭，到此踌躇不能去。[13]

马嵬坡下泥土中，不见玉颜空死处。[14]

君臣相顾尽沾衣，东望都门信马归。

归来池苑皆依旧，太液芙蓉未央柳。[15]

芙蓉如面柳如眉，对此如何不泪垂。

春风桃李花开日，秋雨梧桐叶落时。

西宫南内多秋草，宫叶满阶红不扫。[16]

梨园弟子白发新，椒房阿监青娥老。[17]

夕殿萤飞思悄然，孤灯挑尽未成眠。[18]

迟迟钟鼓初长夜，耿耿星河欲曙天。

鸳鸯瓦冷霜华重，翡翠衾寒谁与共。[19]

悠悠生死别经年，魂魄不曾来入梦。

临邛道士鸿都客，能以精诚致魂魄。[20]

为感君王辗转思，遂教方士殷勤觅。

排空驭气奔如电，升天入地求之遍。

上穷碧落下黄泉，两处茫茫皆不见。

忽闻海上有仙山，山在虚无缥缈间。

楼阁玲珑五云起，其中绰约多仙子。

中有一人字太真，雪肤花貌参差是。

金阙西厢叩玉扃，转教小玉报双成。[21]

闻道汉家天子使，九华帐里梦魂惊。

揽衣推枕起徘徊，珠箔银屏迤逦开。[22]

云鬓半偏新睡觉，花冠不整下堂来。

风吹仙袂飘飘举，犹似霓裳羽衣舞。[23]

玉容寂寞泪阑干，梨花一枝春带雨。[24]

含情凝睇谢君王，一别音容两渺茫。

昭阳殿里恩爱绝，蓬莱宫中日月长。[25]

回头下望人寰处，不见长安见尘雾。

唯将旧物表深情，钿合金钗寄将去。

钗留一股合一扇，钗擘黄金合分钿。[26]

但教心似金钿坚，天上人间会相见。

临别殷勤重寄词，词中有誓两心知。

七月七日长生殿，夜半无人私语时。[27]

在天愿作比翼鸟，在地愿为连理枝。[28]

天长地久有时尽，此恨绵绵无绝期。

❖ 诗人小传

白居易（772—846），字乐天，号香山居士，唐德宗贞元十六年（800）进士，任翰林学士、左拾遗。当时的唐朝已经呈现出藩镇割据的势头，中央政府不能有效地控制藩镇。唐宪宗时期，宰相武元衡打算以强硬手段加强对藩镇的控制，结果在元和十年（815），淄青节度使李师道派刺客入京，在上朝的路上刺杀了武元衡，京师震恐。在朝廷大员人人自危的时候，白居易首先上疏请求捉拿凶手，但大臣们嫌他越职言事，想把他贬出京城。于是有人罗织罪名，说白居易的母亲明明是在赏花的时候不慎坠井而死，白居易却毫无避忌地写有《赏花》和《新井》之诗，言辞浮华，品行不端，应予贬斥，于是白居易被贬为江州司马。这一公案，据唐代高彦休《唐阙史》记载，白居易的母亲因为悍妒而患有心疾，忧愤发狂，曾以苇刀自杀，被人救起，后来因为看护人的不慎而死于坎井，白居易的《新井》诗则是在母亲去世之前写的。

后来白居易做过杭州、苏州刺史，颇有政绩，但他对朝廷有点心灰意冷，忠君体国之心渐渐被明哲保身之意冲淡。唐武宗会昌二年（842），白居易以刑部尚书致仕，过了几年散淡而不忘公益事业的退休生活，悉心整理自己的诗文集，于会昌六年（846）辞世。

白居易的诗歌以语言通俗著称，传说他每写一首诗都要首先读给不识字的老婆婆听，如果老婆婆有听不懂的地方，他就会加以修改。这个传说虽然很不可信，但它的确说出了白居易诗风中极尽通俗的特点。即便如《长恨歌》这种长篇巨制，用典也仅仅不过小玉、双成两处。

⊙ **注讲**

[1]这首诗作于唐宪宗元和元年（806），当时白居易正在盩厔县（今陕西周至）任县尉，和好友陈鸿等人同游仙游寺，有感于唐玄宗和杨贵妃的故事而作。当时陈鸿作了传奇小说《长恨歌传》，白居易作七言长诗《长恨歌》，这是唐代文人流行的一种创作方式。只是陈鸿的《长恨歌传》后来流传不广，使白居易的《长恨歌》独擅盛名。

[2]汉皇：以汉武帝代指唐玄宗。汉武帝时，李延年为了推荐自己的妹妹入宫，向汉武帝唱歌道："北方有佳人，绝世而独立。

一顾倾人城，再顾倾人国。宁不知倾城与倾国，佳人难再得。"御宇：统治天下。

[3]步摇：一种插在发髻上的首饰，走路时会颤动，故称步摇。

[4]不重生男重生女：当时的确有民谣"男不封侯女作妃，看女却为门上楣"。

[5]渔阳鼙鼓动地来，惊破霓裳羽衣曲：指安禄山反叛，兴兵攻向长安。渔阳：安禄山的辖区。鼙（pí）：一种军用小鼓。霓裳（cháng）羽衣曲：唐代著名舞曲。

[6]九重城阙：指京城长安。烟尘生：指发生战乱。

[7]翠华：指皇帝仪仗中用翠鸟羽毛装饰的旗子。

[8]六军不发无奈何，宛转蛾眉马前死：安史叛军迫近后，唐玄宗仓皇出逃，途中禁卫军不肯继续前进，要求唐玄宗杀掉奸臣杨国忠。杨国忠伏诛之后，禁卫军又怕杨贵妃将来报复，逼迫唐玄宗赐杨贵妃自尽。六军：按照周代制度天子有六军，后来六军遂成为天子军队的代称，这里代指扈从唐玄宗出逃的禁卫军。蛾眉：代指杨贵妃。

[9]花钿委地无人收，翠翘金雀玉搔头：花钿（tián）指贴在鬓颊上的花形薄金片。翠翘、金雀、玉搔头分指各式首饰。

[10]云栈萦纡登剑阁：云栈指高入云端的栈道。萦纡（yíng yū）：盘旋弯曲。剑阁：四川著名的险要之地。

[11]峨嵋山：这里泛指蜀地群山。唐玄宗入蜀并不经过峨嵋山。

[12]夜雨闻铃肠断声：唐玄宗入蜀时正值雨季，夜晚于栈道

雨中闻铃，百感交集，依此音作《雨霖铃》的曲调以寄托幽思。

[13]天旋地转：比喻叛乱平定，国家恢复。回龙驭：指唐玄宗由蜀中回到长安。此：指杨贵妃自尽之处。

[14]马嵬（wéi）坡：杨贵妃自尽之处，在今陕西兴平市西。

[15]太液：太液池，长安城东北面大明宫内的池苑。芙蓉：荷花。未央：未央宫。太液池和未央宫都是汉朝宫苑的名称，此处借指唐朝的池苑和宫殿。

[16]西宫：即太极宫，唐代称之为西内。南内：指兴庆宫，因在皇城东南，故称南内。安史之乱后，唐肃宗不许父亲唐玄宗再过问政事，将他安置在西宫之中。

[17]梨园弟子白发新，椒房阿监青娥老：描述唐玄宗回到长安宫殿之后之所见。梨园弟子：唐玄宗亲自选拔乐师，教于梨园，这些乐师被称为皇帝梨园弟子。椒房：皇后所居的宫殿以花椒和泥涂壁，使温暖芳香，并象征多子，故称椒房。阿监：唐代六七品宫廷女官名。青娥：指年轻宫女。

[18]孤灯挑尽：形容夜深。古人用灯草点油灯，经常需要把灯草往前挑一挑，使它能够更好地燃烧，灯草挑尽之时灯也就要灭了。

[19]鸳鸯瓦：一俯一仰扣合在一起的屋瓦。霜华：霜花。古无"花"字，"花"是"华"后起的俗字。衾（qīn）：被子。

[20]临邛（qióng）：今四川邛崃。鸿都：洛阳北宫门名。

[21]扃（jiōng）：门户。小玉、双成：吴王夫差有女名小玉，

《汉武帝内传》记载西王母有侍女名董双成，这里借小玉、双成作为杨贵妃在仙山上的侍婢之名。

[22] 迤逦（yǐ lǐ）：屈曲相连的样子。

[23] 袂（mèi）：衣袖。

[24] 阑干：形容泪水纵横交织。

[25] 昭阳殿：汉宫名，曾是赵飞燕的居所，这里借指唐宫。蓬莱宫：传说中海上仙山的宫殿，这里指杨贵妃所居的仙境。

[26] 擘（bò）：剖裂。

[27] 长生殿：华清宫里祭神的宫殿。

[28] 比翼鸟：学名鹣鹣（jiān）。《尔雅·释地》记载，东方有比目鱼，非成双不行，名叫鲽（dié）；南方有比翼鸟，非成双不飞，名叫鹣鹣（据郭璞注，鹣鹣样子像凫，青赤色，只有一只眼睛和一扇翅膀，所以必须结伴才能飞行）；西方有比肩兽，叫作蹶（jué），与邛（qióng）邛岠（jù）虚结伴而行，平时蹶喂邛邛岠虚甘草吃，有危险的时候，邛邛岠虚就背着蹶逃跑；北方有比肩民，结伴吃饭和张望；中央有枳（zhǐ）首蛇（即两头蛇）。

连理枝：李冗《独异志》记载，宋康王夺走了韩凭（又作韩朋）的妻子，派韩凭修筑青陵台，然后杀死了他。韩凭的妻子请求临丧，跳下青陵台自尽身亡。《太平寰宇记》对此事也有记载，说韩凭的妻子事先把衣服做了腐化处理，在青陵台上突然投身下跳，左右的人急忙拉住她的衣角，谁知衣服触手即碎，化作片片

169

蝴蝶。宋康王愤恨不已，把韩凭夫妻分别埋葬，结果两座坟墓上分别生出了两棵大树，枝条互相接近，终于缠绕在一起，是为连理枝。

◇ **名句**　在天愿作比翼鸟，在地愿为连理枝。

琵琶行[1]

白居易

浔阳江头夜送客，枫叶荻花秋瑟瑟。

主人下马客在船，举酒欲饮无管弦。

醉不成欢惨将别，别时茫茫江浸月。

忽闻水上琵琶声，主人忘归客不发。

寻声暗问弹者谁，琵琶声停欲语迟。

移船相近邀相见，添酒回灯重开宴。

千呼万唤始出来，犹抱琵琶半遮面。

转轴拨弦三两声，未成曲调先有情。

弦弦掩抑声声思，似诉平生不得志。

低眉信手续续弹，说尽心中无限事。

轻拢慢捻抹复挑，初为霓裳后六幺。[2]

大弦嘈嘈如急雨，小弦切切如私语。

嘈嘈切切错杂弹，大珠小珠落玉盘。

间关莺语花底滑，幽咽泉流冰下难。[3]

冰泉冷涩弦凝绝，凝绝不通声暂歇。

别有幽愁暗恨生，此时无声胜有声。

银瓶乍破水浆迸，铁骑突出刀枪鸣。

曲终收拨当心画，四弦一声如裂帛。[4]

东船西舫悄无言，唯见江心秋月白。

沉吟放拨插弦中，整顿衣裳起敛容。[5]

自言本是京城女，家在虾蟆陵下住。[6]

十三学得琵琶成，名属教坊第一部。[7]

曲罢曾教善才服，妆成每被秋娘妒。[8]

五陵年少争缠头，一曲红绡不知数。[9]

钿头云篦击节碎，血色罗裙翻酒污。[10]

今年欢笑复明年，秋月春风等闲度。

弟走从军阿姨死，暮去朝来颜色故。[11]

门前冷落鞍马稀，老大嫁作商人妇。

商人重利轻别离，前月浮梁买茶去。[12]

去来江口守空船，绕船月明江水寒。

夜深忽梦少年事，梦啼妆泪红阑干。

我闻琵琶已叹息，又闻此语重唧唧。[13]

同是天涯沦落人，相逢何必曾相识。

我从去年辞帝京，谪居卧病浔阳城。

浔阳地僻无音乐，终岁不闻丝竹声。

住近湓江地低湿，黄芦苦竹绕宅生。[14]

其间旦暮闻何物，杜鹃啼血猿哀鸣。

春江花朝秋月夜，往往取酒还独倾。

岂无山歌与村笛，呕哑嘲哳难为听。[15]

今夜闻君琵琶语，如听仙乐耳暂明。

莫辞更坐弹一曲，为君翻作琵琶行。

感我此言良久立，却坐促弦弦转急。

凄凄不似向前声，满座重闻皆掩泣。

座中泣下谁最多，江州司马青衫湿。[16]

⊙ 注讲

[1]诗有作者自序，交代创作背景如下："元和十年，予左迁九江郡司马。明年秋，送客湓浦口。闻舟中夜弹琵琶者，听其音，铮铮然有京都声。问其人，本长安倡女。尝学琵琶于穆、曹二善才，年长色衰，委身为贾人妇。遂命酒使快弹数曲，曲罢悯然。自叙少小时欢乐事，今漂沦憔悴，转徙于江湖间。予出官二年，恬然自安，感斯人言，是夕始觉有迁谪意。因为长句，歌以赠之，凡六百一十六言，命曰《琵琶行》。"元和十年

（815），淄青节度使李师道派刺客入京，在上朝的路上刺杀了武元衡，京师震恐。白居易首先上疏请求捉拿凶手，触怒当政者，被贬为江州司马，这首诗写的便是白居易在江州司马的任上所发生的故事。

[2]轻拢慢捻抹复挑：指弹拨琵琶的不同手法。初为霓裳后六幺：《霓裳》与《六幺》都是唐代著名的舞曲。

[3]间关：象声词，形容宛转的鸟鸣声。

[4]曲终收拨当心画，四弦一声如裂帛："拨"是奏弹弦乐时所用的拨子，用象牙或牛角制成。"当心画"是琵琶弹奏的一种手法，是用拨子在琵琶的中部快速扫过四根琴弦，所以才会"四弦一声"。

[5]沉吟放拨插弦中：琵琶弹奏完后，拨子一般会别在琴弦里以固定。

[6]虾蟆陵：在长安城东南，是当时的娱乐胜地。

[7]名属教坊第一部：教坊是唐代官办的乐舞机构，有时也会临时邀请教坊以外的杰出艺人进宫表演，诗中这位弹琵琶的女子应该就属于这种情况。

[8]善才：唐代对音乐教师称善才。秋娘：唐代乐伎的常用名，这里泛指同行乐伎。

[9]五陵年少：泛指贵族子弟。长安城外有五座汉陵，统称五陵，五陵一带是唐代的富人区。缠头：送给乐伎的财帛礼物。绡（xiāo）：高档丝织品。

[10]钿（diàn）头：镶金花的首饰。云篦（bì）：镂刻着云形花纹的篦子。击节：打拍子。

[11]颜色故：容颜衰老。

[12]浮梁：今江西景德镇，在唐朝是茶叶贸易的重要集散地。

[13]唧唧：叹息声。

[14]湓（pén）江：即湓水，今江西龙开河。

[15]嘲哳：通"啁哳"（zhāo zhā），形容声音嘈杂刺耳。

[16]青衫：唐朝八品、九品的低级官员穿青色朝服，白居易被贬为江州司马，从九品，故称青衫。

◇ **名句** [1]千呼万唤始出来，犹抱琵琶半遮面。

[2]别有幽愁暗恨生，此时无声胜有声。

[3]门前冷落鞍马稀，老大嫁作商人妇。

[4]同是天涯沦落人，相逢何必曾相识。

西塘邑舊時應
有白牆鳥瓦其
地不見遺弥追念
舊境作此自適
萬兒稻畦蒼

曲终人不见，江上数峰青。

春潮带雨晚来急，野渡无人舟自横。

从此无心爱良夜，任他明月下西楼。

竹径通幽处，禅房花木深。

还君明珠双泪垂，恨不相逢未嫁时。

东边日出西边雨，道是无晴却有晴。

别有幽愁暗恨生，此时无声胜有声。

同是天涯沦落人，相逢何必曾相识。

问刘十九[1]

白居易

绿蚁新醅酒，红泥小火炉。[2]
晚来天欲雪，能饮一杯无？[3]

⊙ **注讲**

[1]这首诗是唐宪宗元和十二年（817）白居易在江州司马任上所作。刘十九身份不详，十九是他的排行。唐人喜欢以排行称呼好友。

[2]绿蚁：新酿的米酒未过滤时酒面有绿色的浮渣，其细如蚁，故称"绿蚁"。醅（pēi）：没滤过的酒。唐代虽然已有烧酒蒸馏技术，可以酿造高度白酒，但主流的饮酒仍是低度米酒，米酒以新酒为佳。

[3]无：表示疑问的语助词。

江 雪^[1]

柳宗元

千山鸟飞绝，万径人踪灭。

孤舟蓑笠翁，独钓寒江雪。

❖ 诗人小传

　　柳宗元（773—819），字子厚，唐德宗贞元九年（793）进士。柳宗元是王叔文改革的坚定支持者，当王叔文在政治斗争中落败之后，改革派纷纷落马，柳宗元被贬为永州司马。柳宗元为此不断向朝中大臣们写信求情，但人们嫉妒他的才干，没人愿意帮他。十年之后，柳宗元改任柳州刺史。柳州即今天的广西柳州，在唐代是中原人眼中的蛮荒瘴疠之地。同为改革派的刘禹锡当时被贬为播州刺史，播州即今天的贵州遵义，在唐人的眼里是一个猿猴居住之地，境况还远远不如柳州。柳宗元怜惜刘禹锡母亲年迈，便请求和刘禹锡对调，恰恰朝中也有为刘禹锡说情的人，于是刘禹锡被改任为连州刺史，柳宗元仍然就任柳州。柳宗元在柳州颇有德政，在他去世之后，柳州百姓为他建祠祭祀，香火不绝。

在中国思想史上，柳宗元以强烈的唯物主义倾向而著称，他著名的论文《天对》认为物质性的所谓元气才是天地的本源。在文学上，柳宗元和韩愈一起提倡古代的散文，反对六朝以来繁丽的骈文，被后人推尊为"唐宋八大家"之一。柳宗元亦长于写诗，文论家司空图有一句极著名的文学评论："梅止于酸，盐止于咸，饮食不可无盐梅，而其美常在酸咸之外。"这段话原本就是评论柳宗元的诗歌的。

⊙ 注讲

[1] 这首诗描写江畔大雪的一片寂静之中，只一位老人孤独地垂钓，这似乎是纯粹的景物描写，但细品之下会体会出诗人在百般挫折与举世的非难之下仍然不屈不挠的一点坚守之情。这首诗还在很大程度上影响了中国传统绘画，后世很多江雪题材的绘画都是从这首诗里获得灵感的。

酬曹侍御过象县见寄[1]

柳宗元

破额山前碧玉流，骚人遥驻木兰舟。[2]
春风无限潇湘意，欲采蘋花不自由。[3]

⊙ 注讲

[1]这首诗是柳宗元任柳州刺史时所作。当时一位曹姓侍御史路过象县，与柳州相距不远，寄诗给柳宗元，柳宗元以此诗作答。酬：酬答。曹侍御：一位曹姓侍御史，具体情况不详。象县：唐岭南道柳州象县，今广西象县。

[2]破额山：象县沿江的一座山名。碧玉流：形容江水清澈。骚人：指曹侍御。木兰舟：舟船的雅称。南朝梁人任昉《述异记》载，浔阳江中有一座木兰洲，洲中多生木兰树，这里的木兰树原本是吴王阖闾为了修建宫殿而栽种的。鲁班曾以木兰树作舟，这只木兰舟至今仍在木兰洲中。另，前秦王嘉《拾遗记》卷六载，汉昭帝终日在水上游宴，土人进贡了一只巨槽，汉昭帝认为桂楫松舟尚嫌粗重，何况这只巨槽。于是命人以文梓为船，木

兰为桨，船头雕刻飞鸾翔鹔，乘此船随风轻漾，通夜忘归。木兰船或木兰舟是诗歌习语，在唐代以后常常成为诗人笔下的舟船的代称。

曾驻舟于碧玉流中，从柳州象县而想"破额山前"，所以说"遥驻"。

[3]春风无限潇湘意，欲采蘋花不自由：诗人称自己在春风之中有无限心事想要诉说，想要采摘蘋花相赠知音，却没有这种自由。当时柳宗元因被保守派打击而贬官外放，继续声言政治理想则触犯朝廷忌讳，故而有言辞动辄得咎之感。蘋（pín）：多年生水生蕨类植物，茎横卧在浅水的泥中，叶柄长，顶端集生四片小叶，全草可入药。

◎ **名句** 春风无限潇湘意，欲采蘋花不自由。

自柳宗元之后，"采蘋花"便因为这句诗而有了"投身政治"的比喻义。陈寅恪曾反用其意，以"春风无限潇湘意，不采蘋花便自由"的诗句来表明自己超然物外、醉心学术的心迹。

赠去婢[1]

崔　郊

公子王孙逐后尘，绿珠垂泪滴罗巾。[2]

侯门一入深如海，从此萧郎是路人。[3]

❖ 诗人小传

　　崔郊，生卒年不详，史料上只说他是唐宪宗元和年间的一名秀才。在唐代初年，秀才曾与明经、进士并设为举士科目，但不久之后便废除了秀才这一科，此后"秀才"一词的含义发生了转变，人们仍把参加科举考试的人称作秀才。唐代惯例，将参加进士考试但没有考中的人称作进士或举进士，通称秀才，对参加进士考试而考中的人称作进士第或前进士，称谓全与后世不同。在崔郊生活的时代，秀才科已经废除，所以从秀才这个称谓推测，崔郊应该是一名参加过科举考试但未曾及第的书生。关于崔郊的生平事迹，史料上仅有一条记载，说他曾经寓居在襄州（今襄阳）姑母家，姑母家有一名婢女，姿容秀丽，与崔郊互生爱恋，没想到姑母却将婢女卖给襄州司空于顿（dí）。崔郊对这名婢女念念不忘，但身份悬隔，无法互通音信。终于在一个寒食节，在大家纷纷出门踏青的时候，崔郊在于顿的府邸之外等到了外出的恋人，崔郊以一首七绝相赠："公子王孙逐后尘，绿珠垂泪滴罗巾。侯门一入深如海，从此萧郎是路人。"于顿后来读到此诗，感慨万千，既感动于这一对青年男女的情意，又很欣赏崔郊的才华，便召来崔郊，请他将婢女领回，并以万贯钱财相赠，这件事于是传为唐代诗坛中一段感人的佳话。崔郊在《全唐诗》当中仅仅存诗一首，就是这首以真实爱情为背景的《赠去婢》。崔郊是仅仅因为一首诗、一个故事，而在唐代诗歌史上留下美丽一笔的人。

⊙ **注讲**

[1] 赠去婢：诗歌背景见"诗人小传"。

[2] 绿珠：历史上的著名美女，这里代指那名婢女。绿珠本姓梁，在西晋太康年间，石崇任交趾采访使，途经博白，以十斛珍珠买绿珠为妾，当时传为奇谭。石崇回到洛阳之后，修建了那座历史上极著名的金谷园，石崇于园中作诗以歌咏明妃，绿珠为之配舞，更传为一时佳话。石崇每有贵客，必以绿珠侑酒，绿珠之美便转眼间名闻皇都。后来发生了"八王之乱"，赵王司马伦专权，石崇失势。依附于司马伦的孙秀一直暗慕绿珠，趁此良机便

派人向石崇索要绿珠。石崇把全家歌伎数十人一并唤出，任凭使者挑选，却独独不让绿珠。孙秀大怒，劝说司马伦诛杀石崇。当司马伦的士兵出现在金谷园门口的时候，石崇对绿珠叹道："我这是因你获罪。"绿珠流泪道："愿效死于君前。"随即坠楼自尽。历代诗人吟咏绿珠者甚多，崔郊这里以绿珠代指恋人，很切合恋人的身份。

[3] 萧郎：崔郊自谓。传说春秋时代有萧史擅长吹箫，秦穆公把女儿弄玉嫁给了他，夫妇二人一同修仙，终于乘鸾引凤，升天而去。后人以萧郎代指年轻俊逸的男子或女子的如意郎君。

◇ **名句** 侯门一入深如海，从此萧郎是路人。

白牡丹[1]

裴潾

长安豪贵惜春残，争赏街西紫牡丹。[2]
别有玉盘承露冷，无人起就月中看。[3]

❖ **诗人小传**

裴潾，生年不详，卒于唐文宗开成三年（838），历仕途宪宗、穆宗、敬宗、文宗四朝，以忠信道义著称。裴潾的文学成就并不很高，不过他曾经主持编修过一部30卷篇幅的《大和通选》，意在延续著名的《昭明文选》，但该书甫一修成便饱受非议，时人议论裴潾编选失当，这部文集很快因此而湮灭无闻。裴潾亦不以诗歌著称，只有这首《白牡丹》堪称佳作。

⊙ **注讲**

[1]诗题一作《裴给事宅白牡丹》，裴给事不详何人。唐人对牡丹充满狂热，如刘禹锡诗中描绘的"唯有牡丹真国色，花开时

节动京城"。因为这份狂热，上品牡丹在唐代可以卖出天价，甚至有侯王之家因为爱牡丹、买牡丹而破产。牡丹以黄色与紫色为贵，白牡丹并不被时人所重。

[2] 长安豪贵惜春残，争赏街西紫牡丹：唐代京城长安有一条横贯南北的朱雀门大街，将长安分为东西两半，街西属长安县，那里有许多私人名园，每到牡丹盛开季节，长安豪贵云集争赏。

[3] 别有玉盘承露冷，无人起就月中看：描写白牡丹如同洁白晶莹的玉盘一般在月色下孤独盛开，因高洁而无人赏识，由此反衬出"长安豪贵惜春残，争赏街西紫牡丹"的庸俗可厌。玉盘承露：汉武帝曾铸造金铜仙人，仙人的手里托着一个盘子，叫作承露盘，用来承接露水，以供炼制仙丹。看，读作kān。

◈ **名句** 别有玉盘承露冷，无人起就月中看。

遣悲怀（三首之二）[1]

元 稹

昔日戏言身后意，今朝都到眼前来。

衣裳已施行看尽，针线犹存未忍开。

尚想旧情怜婢仆，也曾因梦送钱财。

诚知此恨人人有，贫贱夫妻百事哀。

❖ **诗人小传**

元稹（779—831），字微之，是北魏宗室鲜卑族拓跋部的后裔。元稹9岁时就能写一手漂亮的文章，15岁时明经及第，28岁时参加制科考试，名列榜首，官职做到监察御史。元稹有一次离京公干，归途中在驿站住宿的时候发生了一件大大影响前程的事情。元稹在住宿的时候率先占了正房，这本来符合朝廷的规定，没想到太监仇士良半夜也来这里歇宿，要元稹让出正房。当时的太监群体很有权势，仇士良更是一众太监的首领。纵观仇士良的一生，前后共杀二王、一妃、四宰相，几乎无人可以撄其锋。在和元稹发生龃龉的时候，仇士良虽然大恶之迹未彰，但已经目中无人，骄纵跋扈得很。元稹依据朝廷规定，不肯让出正房，仇士良恼羞成怒，痛殴元稹，打伤了元稹的脸。事情上报朝廷之后，唐宪宗偏袒仇士良，宰相也认为元稹年纪不大却乱树官威，有失大臣体统，将他贬官外放。幸而元稹的诗写得很好，朝廷里的乐师和妃嫔们都爱读他的诗，认为他是才子；唐宪宗也喜爱元稹的诗，终于还是把他调回了朝廷。回朝之后，元稹屡屡升迁，甚至做到了宰相，但他素来举止轻浮，缺乏威信，大臣和百姓们都不服他，因此没过多久就卸任改做节度使了，最后死在节度使的任上。

元稹和白居易交情最好，又有一致的诗歌主张，世人将他们并称"元白"。论到新乐府的创作，元稹的成就不及白居易，但元稹的悼亡诗（共三首）堪称独步古今，向来受人称赏。编纂《唐诗三百首》的蘅塘退士称："古今悼亡诗充栋，终无能出此三首范围者。"悼亡诗是悼念亡妻的作品，如此看来，元稹和妻子应当是琴瑟好合、如胶似漆才对，然而考察元稹的一生，却始终让人感到他对男女之事不免轻薄。他写过《会真记》记述自己始乱终弃的初恋，后人据此改编为《西厢记》，主人公张生的原型就是元稹。陈寅恪讥讽元稹"巧婚""巧宦"，这与悼亡诗里那个痴情丈夫的形象实在大相径庭。元稹究竟是怎样一个人，的确很难说清。

⊙ 注讲

[1]这首诗是元稹著名的悼亡之作，共有三首。悼亡诗在传统诗歌中专指为悼念亡妻而作的诗歌。元稹所悼念的是自己的妻子韦丛，诗歌作于韦丛去世的当年。韦丛是太子少保韦夏卿的幼女，20岁时嫁给元稹。元稹其时尚未发迹，娶韦丛颇有政治投机的意味；韦丛自豪门下嫁元稹，在婚后的艰难处境中淡然自若，无怨无尤，却不幸在七年之后早逝。从元稹这一组悼亡诗的语气来看，二人的感情似乎至诚至坚，然而考察史料，就在韦丛辞世之前卧病在床的时候，元稹正以赴成都公干为名，秘密寻访著名乐伎、女诗人薛涛，地方官得知此情之后，安排薛涛去侍奉元稹。待元稹辞别薛涛，回到长安之后，又以"别后相思隔烟水，菖蒲花发五云高"的诗句思念薛涛，这不由得使读者对他的悼亡诗的真诚抱有几分怀疑。

◈ **名句** 诚知此恨人人有，贫贱夫妻百事哀。

遣悲怀（三首之三）

元　稹

闲坐悲君亦自悲，百年都是几多时。

邓攸无子寻知命，潘岳悼亡犹费词。[1]

同穴窅冥何所望，他生缘会更难期。[2]

唯将终夜长开眼，报答平生未展眉。[3]

⊙ 注讲

[1]邓攸无子：邓攸是晋朝人，字伯道，在永嘉年间的战乱中逃往江南。逃难之时，邓攸担着儿子和侄儿仓皇步行。这一来行走的速度太慢，邓攸担心大家都会落入追兵之手，于是舍弃了儿子，只带走了侄儿。后来邓攸终生没有子嗣。时人既感叹他的大义，又哀怜他的绝后，于是都说："天道无知，使邓伯道无儿。"邓攸无子谓人绝后。韦丛未曾给元稹生下儿子，元稹故有此叹。潘岳悼亡：潘岳也是晋朝人，在妻子死后写有三首悼亡诗，从此"悼亡"一语成为悼念亡妻的专用语。

[2]同穴窅冥：指死后葬在一处。窅（yǎo）冥：幽暗的地下。

[3]终夜长开眼:《释名》解释"鳏"字说:没有妻子叫作鳏,鳏夫因为抑郁而夜不能寐,眼睛总是"鳏鳏然"。"鳏"字从鱼,鱼是从来都不闭眼的。元稹既以这个典故来形容自己终夜孤独失眠的思念,也是立誓不再续弦之意。所谓"邓攸无子寻知命",元稹是要认了这个无子之命的。然而事实上元稹很快便纳妾了,后来又续弦再娶,诗中之言毕竟不可当真。

◎ **名句**　唯将终夜长开眼,报答平生未展眉。

离思（五首之四）[1]

元　稹

曾经沧海难为水，除却巫山不是云。[2]
取次花丛懒回顾，半缘修道半缘君。[3]

⊙ **注讲**

[1]这首绝句也是元稹悼念亡妻之作，参见《遣悲怀》注讲。

[2]曾经沧海难为水：语出《孟子》"观于海者难为水，游于圣人之门者难为言"，元稹做了一些变化。除却巫山不是云：巫山以云雾著称，故有此说。写男女之情而取譬高远，殊为难得。

[3]花丛：暗喻女子。这两句诗是说诗人从此再不会为其他女子动心，这既是因为自己已经执着于修佛问道，也是因为亡妻在自己心中的地位没有任何女子可比。

◈ **名句**　曾经沧海难为水，除却巫山不是云。

菊　花

元　稹

秋丛绕舍似陶家，遍绕篱边日渐斜。[1]
不是花中偏爱菊，此花开尽更无花。

◉ **注讲**

[1]陶家：陶渊明的家。陶渊明以"采菊东篱下，悠然见南山"写出无人可以超越的人生境界，此后菊花总是与陶渊明、君子、隐逸这些概念与象征联系在一起。

◈ **名句**　不是花中偏爱菊，此花开尽更无花。

菊花开尽更无花，这只是自然界的一个常态，而诗人似是平铺直叙而不加品评的句子却含有耐人寻味的哲理。唐诗重情趣，宋诗重理趣，而这首诗所表现的唐人理趣，其含义与表现手法都不让宋代名家。

题李凝幽居^[1]

贾 岛

闲居少邻并，草径入荒园。

鸟宿池边树，僧敲月下门。

过桥分野色，移石动云根。^[2]

暂去还来此，幽期不负言。

❖ 诗人小传

贾岛（779—843），字浪仙，一作阆仙，早年间因为家境贫寒，科举又屡屡不第，被迫出家为僧，法名无本。虽然贾岛出家只是为了寻一处生计而已，但寺院的生活的确符合他的性格和气质。但有时候就连一向清苦的贾岛也觉得寺院里拘束太多，比如当时洛阳令禁止僧人于午后外出。贾岛于是作诗以自伤，说道："不如牛与羊，独得日暮归。"

唐宪宗元和年间，白居易和元稹等人改变了诗坛的风气，主流的诗歌趣味变得通俗而略失轻浮，贾岛反其道而行，走入了冷僻一途。世人将他与孟郊并称为"郊寒岛瘦"，认为贾岛突出的风格就是一个"瘦"字。

贾岛写诗常常进入忘我的境地，有一次他骑着瘦驴，打着伞，走在长安的大街上，时值秋风大作，落叶堆积，他便吟出"落叶满长安"。但这句诗该怎样凑成一联对仗呢，贾岛冥思苦想，终于想出"秋风生渭水，落叶满长安"这一联名句，但欣喜若狂之下竟然冲撞了京兆尹刘栖楚的车驾，被关押了一夜。

获释之后，贾岛并未就此收敛。他有一天又骑着瘦驴去好友李凝的隐居之处拜访，因而吟出了"鸟宿池边树，僧推月下门"的句子。他又想把"僧推"改为"僧敲"，反复斟酌不能定夺，两手不自觉地做出推门与敲门的姿势，旁边的人都感到惊奇，而贾岛在浑然忘我之下竟然再次冲撞了京兆尹的车驾。当时的京兆尹已经换作了韩愈，韩愈一代文豪，听着贾岛交代"犯案"经过，立马许久，最后终于说道："用'敲'字较佳。"这便是"推敲"一词的出处。韩愈非但没有治贾岛的罪，反而与他并辔而归，从此结为布衣之交。有人考证这个故事并不可信，但它的确流传很广，至少说明在世人心目中的韩愈和贾岛就是这个样子的。

贾岛有了一些名气之后，曾经住在诗僧无可那里，经常与王建、张籍等诗人聚会宴饮，讨论诗文。唐宣宗一次微服出行，听到有吟诗的声音便登楼而上，在贾岛的书案上拿起诗卷来看。贾岛非常不快，一把夺过诗卷，斜眼看着宣宗说："先生，你锦衣玉食也该知足了，懂这个做什么呀？"宣宗于是下楼而去，贾岛在不久之后突然醒悟过来，连忙拜服在皇宫阶下谢罪。

贾岛素来把写诗当作一件大事来做，他自叙有"两句三年得，一吟双泪流。知音如不赏，归卧故山秋"。每到除夕，他一定要把一年来所作的诗歌放在几案上，烧香礼拜，洒酒于地，祝告说："这是我一年的苦心啊。"然后痛饮狂歌不止。

贾岛直到晚年才做得小官，死后家里只有古琴一张、病驴一头。他虽然没成为第一流的诗人，但无疑这一辈子都是为诗而活的。

⊙ 注讲

[1]李凝：贾岛的友人，具体生平不详。诗歌的创作背景参见"诗人小传"。

[2]云根：古人认为云是水汽与山峦撞击而形成的，故而称山石为云根。

◇ 名句　鸟宿池边树，僧敲月下门。

忆江上吴处士[1]

贾　岛

闽国扬帆去，蟾蜍亏复团。[2]

秋风生渭水，落叶满长安。[3]

此地聚会夕，当时雷雨寒。[4]

兰桡殊未返，消息海云端。[5]

⊙ **注讲**

[1]吴处士：姓名不详。古时候称有德才而隐居不愿做官的人为处士，后来这个词泛指没有做过官的读书人。

[2]闽国扬帆去，蟾蜍亏复团：这一联是说自从吴处士乘船去了福建之后已经过去了很长时间。蟾蜍：代指月亮，传说月中有蟾蜍。

[3]秋风生渭水，落叶满长安：渭水流经长安郊外，贾岛此时在长安见秋风起而思念南方的友人。这一联的背景参见"诗人小传"。

[4]这一联是回忆吴处士之前在长安的时候，朋友欢聚的夜晚

正值雷雨。

[5]兰桡：木兰舟的桨或以木兰木做的桨，这里代指吴处士乘坐的船只。

◈ **名句**　秋风生渭水，落叶满长安。

闺意献张水部 [1]

朱庆馀

洞房昨夜停红烛，待晓堂前拜舅姑。[2]
妆罢低声问夫婿，画眉深浅入时无？[3]

❖ **诗人小传**

朱庆馀，生卒年不详，名可久，唐敬宗宝历二年（826）进士，官至秘书省校书郎。写诗的风格技巧学习张籍，在当时很有名气。

◉ **注讲**

[1]闺意献张水部：诗题所谓"闺意"，是说诗歌内容是写女子闺房之事，但"献张水部"说明这首诗是以女子的闺房之事来有所比喻或象征的。张水部即当时的著名诗人张籍（本书前文选录有张籍的诗），时任水部郎中，故称张水部。唐朝的科举考试远不如宋朝那样严格公正，考生们在考试之前可以堂而皇之地拿

着自己的诗卷奔走于权贵之门以求赏识和帮助，考生是否及第以及及第的名次往往也在考试之前就被内定了。朱庆馀也是在考试之前打点关系，而张籍在当时不但是一代文宗，而且以喜欢奖掖后辈而知名，朱庆馀便以这首诗献给张籍，意在探听张籍的口风，看自己能否得到张籍的赏识。

[2]这一联是写一名女子在昨夜的婚礼之后，天明即将拜见公婆。"舅姑"即公婆。古人的婚俗和现在完全不同，唐代的这种婚俗是从周礼来的。传统婚礼以安静为特色，是在黄昏时分静悄悄地举行的——"婚"字原本作"昏"，"成婚"原作"成昏"，就是由此而来的。结婚要在黄昏举行亲迎礼，据《仪礼·士昏礼》的记载，新郎要把车子漆成黑色去迎接新娘，待新娘上车之后，一行人还要带上火把，因为这已经是黄昏了，天很快就要黑了。并且所有人都穿黑色的衣服，大红大绿的装束和吹吹打打的作风一样，是社会平民化之后的产物。

亲迎之后，新郎带着新娘回到自家，这时天已大黑，两人稍事饮食，饮合卺酒，即所谓"共牢而食，合卺而酳"，之后回房安寝。等到了第二天清晨，新娘沐浴梳妆之后，这才第一次拜见公婆。

[3]这一联写新娘在第二天清晨仔细梳妆，为的是在第一次见面中给公婆留下一个好印象，但新娘不很自信，待化妆完毕之后低声问新郎，请他看看自己的打扮是否入时，是否能让公婆喜欢。这一联的引申义是：朱庆馀忐忑地向张籍询问，请他看看自

己的诗文风格是否能够迎合科举考试主考官的口味。这个故事还有下文：张籍在看到这首诗之后，写了一首七绝作为回复："越女新妆出镜心，自知明艳更沉吟。齐纨未足时人贵，一曲菱歌敌万金。"这是对朱庆馀的极大称许，朱庆馀因此而声名大噪。

苏小小墓[1]

李　贺

幽兰露，如啼眼。

无物结同心，烟花不堪剪。

草如茵，松如盖。

风为裳，水为珮。

油壁车，夕相待。

冷翠烛，劳光彩。[2]

西陵下，风吹雨。[3]

❖ 诗人小传

　　李贺（约791—约817），字长吉，是唐代宗室之后，7岁时就会写诗，一生也都很爱写诗。李贺身材瘦小，体质孱弱，双眉连成一线，手指细长。他总是骑着一匹瘦马出游，有一个剃着光头的小厮永远跟在他身后，背着一只古锦织的袋子，李贺若在途中想出什么诗句，就写下来放进袋子里。到了晚上回家，李贺的母亲让婢女掏出袋子里的纸条，看到诗句很多，就会生气地说："这孩子是要把心呕出来才肯罢休啊！"李贺在吃罢晚饭之后，就让婢女把那些抄写诗句的纸条整理出来，研好墨，摆好纸，将这些零散的诗句补足成完整的诗。一生中除了喝醉的时候和参加葬礼的时候，李贺的日子都是这么过的。所以他的诗完全不合常法，也往往不是事先有所立意而作的。

李贺参加过河南府试，写有应试诗《河南府试十二月乐词》，以优异的成绩获得进京参加进士考试的资格。这时候李贺的诗名已高，嫉妒他的人就想方设法地给他设置障碍。唐代惯例，进士考试要避家讳，也就是说，当考生在考场上发现考题里边有某个字触犯了自家尊长的名讳，都应该以身体不适为名离开考场。有人说李贺的父亲叫作李晋肃，"晋"与"进"通，所以李贺终生都不应该参加进士考试。韩愈为此写了一篇《讳辩》为李贺声援，说如果因为父亲名叫"晋肃"儿子便不能考进士，那么父亲的名字如果叫"仁"，儿子难道连人都不能做吗？

但无论如何，反对的声浪太高，李贺终于没有参加进士考试。后来李贺得了重病，传说他在病中看见一个穿着红色衣服的人驾着龙车从天而降，说天帝刚刚建成白玉楼，所以召李贺去写一篇记文。李贺推辞说母亲年老多病，需要自己服侍。那个红衣服的人说："天上比人间快乐，一点都不苦。"过不多时，窗户里边烟气滚滚，龙车疾驰而去，李贺就此辞世，年仅27岁。

李贺一向被称为"鬼才"，他的诗绮丽诡异，常常是"为艺术而艺术"，只追求艺术效果，毫不考虑"诗言志"之类的主流文学观念。所以在正统的诗歌传统里，李贺是不被重视的，蘅塘退士编选《唐诗三百首》就连李贺的一首诗都没有选过。到了现代社会，李贺仍然遭到贬低，但贬低是来自另一个方面的。鲁迅对李贺就抱有一种很嘲讽的态度，大意是说中国的文字历来都要树立技术壁垒，平常人不花上十几年的工夫就跨不上去，这才能显出士大夫的尊贵，而还有一些人嫌这技术壁垒还不够高，要使自己超越于一般士大夫之上，就造出更高的壁垒，在唐朝就有这么两个人，樊宗师的文章别人点不断，李贺的诗歌别人看不懂，都是为了这个缘故。

⊙ **注讲**

[1] 六朝齐梁时江南流传过一首民歌，叫作《钱塘苏小小歌》："妾乘油壁车，郎骑青骢马。何处结同心，西陵松柏下。"李贺很喜欢这首诗，他这首《苏小小墓》便是对这首诗的拟作。苏小小：南齐时的钱塘名伎，她的所有故事都来自传说，谁也不知道真实的苏小小究竟是什么样子。唐代确有苏小小的墓地，李绅在《真娘墓》的诗序里说："嘉兴县前有吴妓人苏小小墓，风雨之夕，或闻其上有歌吹之音。"

[2] 劳：耗损。

[3] 西陵：地名，在今杭州，语出《钱塘苏小小歌》："妾乘油壁车，郎骑青骢马。何处结同心，西陵松柏下。"

蒼海間每見雪閃
初牧時有雪山之
襲幻其色對之常
起畫興所謂造物
与人娛之處之如此
可謂也試寫此意

蒼

春风无限潇湘意，欲采蘋花不自由。

侯门一入深如海，从此萧郎是路人。

别有玉盘承露冷，无人起就月中看。

诚知此恨人人有，贫贱夫妻百事衰。

唯将终夜长开眼，报答平生未展眉。

不是花中偏爱菊，此花开尽更无花。

鸟宿池边树，僧敲月下门。

秋风生渭水，落叶满长安。

天上谣[1]

李 贺

天河夜转漂回星，银浦流云学水声。[2]

玉宫桂树花未落，仙妾采香垂珮缨。[3]

秦妃卷帘北窗晓，窗前植桐青凤小。[4]

王子吹笙鹅管长，呼龙耕烟种瑶草。[5]

粉霞红绶藕丝裙，青洲步拾兰苕春。[6]

东指羲和能走马，海尘新生石山下。[7]

⊙ **注讲**

[1]谣：本义是指信口而唱的、没有伴奏的歌。以歌谣的形式写作正是李贺诗歌的一大特色：推崇结构散漫的古体诗，不写章法严谨的近体诗。

[2]天河夜转漂回星，银浦流云学水声：意谓天河转动，繁星也随之漂转，河中的流云发出流水的声音。银浦：即银河。这一联恰恰表现了李贺在诗歌修辞上的一大特色，钱钟书有过很好的解释，大意是说，比喻是因为两个东西有相似的地方，所以才能

以此喻彼，但这两个东西只是在某一点上相似，并非完全相似，而李贺很喜欢就两个东西相似的方面推及不相似的方面。比如"银浦流云学水声"，云可以比喻水，因为两者都有"流动"这个特点，但流云无声，流水有声，这是两者不相似的地方。但到了李贺笔下，云既然像水一样流动，就也会像流水一样发出声响。

[3]玉宫：月宫。仙妾：仙女。

[4]秦妃：即秦穆公的女儿弄玉，传说弄玉嫁给了善于吹箫的萧史，后夫妇二人升天而去。

[5]王子：即王子乔，这里泛指男仙。据《列仙传》，王子乔是周灵王的太子，喜欢吹笙，发出凤凰一般的声音。他常在伊、洛之间漫游，被一个叫作浮丘公的道士引上嵩山，一去三十余年。有一天，他对来找自己的人说："请转告我的家人，七月七日到缑山和我见面。"到了这一天，果然看到王子乔乘着白鹤飞落在缑山顶上，向大家致意。几天之后，他乘鹤飞上了云霄，从此再也没有回来。

[6]粉霞红绶藕丝裙：这一句是描写仙女的装束。粉霞，藕丝：各家注本多解作唐代的颜色名称，粉霞是粉红色，藕丝是纯白色，但这应该是引申义，词的本义似乎是指某种具体的物件。唐代诗人徐夤有一首《尚书新造花笺》，描写一种新研制出来的很有艺术气息的纸张，说这种纸"浅澄秋水看云母，碎擘轻苔间粉霞"，把云母和粉霞对举，既然云母是一种具体的物件，粉霞自然应该也是。云母会亮晶晶地闪光，所以造纸的时候可以把捣

碎的云母加进去，吕温《上官昭容书楼歌》形容书卷的高档华贵，就说过"水精编帙绿钿轴，云母捣纸黄金书"，所以联系徐黄的诗意，粉霞应该也是类似的东西。

青洲：即《十洲记》所载的青邱，在南海辰巳之地，方圆五千里，距离海岸有二十五万里，那里有很多山川和大树，大树能长到两千围那么粗。因为那里林木遍地，所以叫作青邱。

步拾兰苕春：倒装句，即"步拾春兰苕"。苕（tiáo）：花穗。

[7] 东指羲和能走马，海尘新生石山下：形容沧海桑田变化之速。羲和：传说中的太阳神，驾车载着太阳在天空奔驰。

金铜仙人辞汉歌[1]

李 贺

茂陵刘郎秋风客，夜闻马嘶晓无迹。[2]

画栏桂树悬秋香，三十六宫土花碧。[3]

魏官牵车指千里，东关酸风射眸子。[4]

空将汉月出宫门，忆君清泪如铅水。[5]

衰兰送客咸阳道，天若有情天亦老。

携盘独出月荒凉，渭城已远波声小。[6]

⊙ 注讲

[1]诗题下有一段小序："魏明帝青龙元年八月，诏宫官牵车
西取汉孝武捧露盘仙人，欲立置前殿。宫官既拆盘，仙人临载，
乃潸然泪下。唐诸王孙李长吉遂作《金铜仙人辞汉歌》。"魏明
帝派人要把汉武帝建造的金铜仙人从长安运到洛阳，金铜仙人辞
别故宫，临行之时潸然泪下。李贺有感于这段史实，因而写下这
首诗歌。

汉武帝的迷信是历代帝王中最著名的，金铜仙人只是他所有

求仙努力中很普通的一个例子：金铜仙人被建造在神明台上，据《三辅故事》记载，它高二十丈，粗十围，手里托着一个盘子，叫作承露盘，用来承接露水，以供炼制仙丹。

唐朝诗人经常吟咏汉武帝求仙主题，因为他们自己也生活在一个求仙修道的时代。唐朝从中期以后，唐宪宗服食丹药，性情变得异常狂躁，结果被宦官所杀；至于唐穆宗、唐武宗、唐宣宗，三代帝王都因服仙丹而死。道教的衰落也与此大有关系：成仙升天、长生不老的好处永远只是传说，从来无人亲见，但因炼丹吃药而致病、致死的却大有人在。李贺生活在这样的社会里，一方面自家对道教有很深的渊源，有相当的好感；另一方面也深知炼丹修仙的虚妄，对帝王求仙总有一些讽谏的意思。

从《金铜仙人辞汉歌》的诗序来看，汉武帝当初铸造金铜仙人，幻想炼丹修仙，结果还不是和普通人一样死掉了，偌大的汉王朝还不是江山易主了，金铜仙人要被新朝帝王搬到自家宫阙去了，但搬去做什么呢？如果靠它真能炼成仙丹，汉武帝会死吗，汉王朝会亡？这样显而易见的事情，为什么帝王们总是看不明白呢？是贪欲太大，以至于蒙蔽了双眼吗？魏明帝是这样的，但他也和汉武帝一样匆匆离世了，魏王朝也不复存在了，但这样的荒诞剧为什么到了现在还在上演呢？

[2]茂陵：汉武帝的陵墓。刘郎：即汉武帝刘彻。有一个流传

很广的误解，认为"郎"是对年轻男子的称呼，这是不对的，年轻和年长的一概可以称"郎"。在唐朝，"郎"这个称呼是相当尊贵的，安禄山就称李林甫为十郎。秋风客：汉武帝曾经写过一首《秋风辞》，感叹人生易老，岁月无情。李贺称汉武帝为"秋风客"，正是强调这个意思，让我们感到，无论汉武帝如何叱咤风云，如何修仙炼药，也和所有的凡人一样被无情的秋风吹老，在坟墓中静静地安息。

夜闻马嘶晓无迹：仍是汉武帝的典故，传说一到夜晚，在甘泉宫附近总能影影绰绰地见到武帝的仪仗，一到拂晓，却什么都看不到。这样的事情持续了很多年，直到汉宣帝的时代才消失无踪。

[3]三十六宫：指的是汉武帝豪华铺张的离宫别馆。土花：苔藓。

[4]魏官牵车指千里，东关酸风射眸子：魏朝的官员安排着运输的车马，"指千里"道出了路途之远；"酸风"即凄风，道出了节序之悲；"射"道出了凄风的凛冽，风不是吹在眼里，而是射在眼里，是一种深深的刺痛。这就是李贺自成一家特色的遣词造句。金铜仙人被拆之后本要送到洛阳，无奈体积太大、分量太重，无法运输，只好留在霸城，单单把承露盘拆下来送走。《汉晋春秋》记载说：拆承露盘的时候响动很大，几十里外都能听见，金铜仙人流下了眼泪，所以被留在了霸城。

[5]将：送。汉月：喻指承露盘，承露盘被人从金铜仙人身上

拆了下来，金铜仙人只有无可奈何地目送着承露盘被运出了汉宫旧址，这就是"空将汉月出宫门"。

[6]渭城：秦都咸阳汉改为渭城县，这里以渭城代指长安。

◈ **名句** 天若有情天亦老。

官街鼓[1]

李 贺

晓声隆隆催转日，暮声隆隆呼月出。

汉城黄柳映新帘，柏陵飞燕埋香骨。[2]

碨碎千年日长白，孝武秦皇听不得。[3]

从君翠发芦花色，独共南山守中国。[4]

几回天上葬神仙，漏声相将无断绝。[5]

⊙ 注讲

[1] 官街鼓：唐代长安一种报时用的鼓点。这首诗以官街鼓引申对无限时空中人生短暂的感叹。

[2] 柏陵：皇帝的陵寝多种柏树，故而亦称柏陵。飞燕：汉代美女赵飞燕，这里泛指皇帝的嫔妃美女。

[3] 碨碎千年日长白：意谓千年来人事在鼓槌的敲打下发生了无穷的变化，而太阳依旧不变，宇宙依然如故。碨（duī）：撞击。孝武：即汉武帝。秦皇：即秦始皇。官街鼓本为唐制，汉武帝和秦始皇本来就不可能听到过，而李贺将官街鼓为永恒时间的

215

象征，字面无理却内涵有理地称"孝武秦皇听不得"，意谓这两位痴心追求长生、追求永恒的帝王终归尘土，而宇宙依然如故。

[4]翠发：黑发。"翠"指颜色鲜亮。芦花色：苍白色。

[5]相将：相随。

◆ **名句** 几回天上葬神仙，漏声相将无断绝。

忆扬州[1]

徐　凝

萧娘脸薄难胜泪，桃叶眉长易得愁。[2]
天下三分明月夜，二分无赖是扬州。[3]

❖ **诗人小传**

　　徐凝，生卒年不详，在唐宪宗元和年间颇有诗名。徐凝爱诗爱得真切，以至于整日里和文学同道切磋诗律，无意于功名仕进。亲朋好友都劝徐凝求取功名，他因此来到长安。若按照唐人的一般作风，徐凝这时候应该去向达官显贵、文坛泰斗投递自己的文章诗卷，求得对方的赏识，让对方替自己扬名并打通更多的人脉。在大诗人里，王维、李白、白居易都是走的这条路线。但徐凝在长安滞留，始终迈不过自己心里的门槛，做不出这种登门卖弄诗才求人接引的事情。一事无成的徐凝终于还是决定过回自己的生活。

　　徐凝游历洛阳的时候，与元稹、白居易颇为投契，后来南归故里，向白居易写诗辞行说："一生所遇惟元白，天下

无人重布衣。欲别朱门泪先尽，白头游子白身归。"诗中所谓
"白身"是指没有功名和官职，徐凝那时已经是"白头游子"，
知道自己这一生再无可能与功名有缘了。回到旧日隐居之地，
徐凝从此绝口不谈功名，每日里只是饮酒赋诗，悠哉度日。
虽然年迈多病，贫寒无依，但徐凝淡泊处之，丝毫不以为意，
就这样闲云野鹤一般地了却了余生，而他的诗作一直都在世
间流传。

⊙ **注讲**

[1]诗题虽然叫作《忆扬州》，内容却是思念某位扬州的女子。

[2]萧娘：南朝以来，诗歌里多将男子所恋之女子称作萧娘。
桃叶：王献之有爱妾名桃叶，这里代指所恋慕的女子。

[3]无赖：可爱。

◈ **名句** 天下三分明月夜，二分无赖是扬州。

在原诗当中，这两句本是因思念某位扬州女子而称道扬州
的月色，月是因人而美、因思念而美的，后世则将这两句单独
拎出称道扬州的月色。

咸阳城东楼[1]

许　浑

一上高城万里愁，蒹葭杨柳似汀洲。[2]

溪云初起日沉阁，山雨欲来风满楼。[3]

鸟下绿芜秦苑夕，蝉鸣黄叶汉宫秋。[4]

行人莫问当年事，故国东来渭水流。[5]

❖ **诗人小传**

许浑（约791—约858），字用晦，他的六世祖是唐朝开国功臣许绍，五世祖许圉师在唐高宗朝做过宰相，但到了许浑这一代，家道已经中落，但贵族的气派未失。唐文宗大和六年（832），许浑进士及第，做过县令一类的小官。

许浑因为从小读书过于辛苦，身体一直消瘦孱弱，终于因病辞官。后来朝廷再次起用许浑，任他做刺史之职。在他治理润州丹徒（今江苏丹徒）的时候，为自己买房置地，后来再次抱病离职，住在丁卯涧桥的乡舍以编辑自己的诗集消磨岁月，后来他的诗集就叫《丁卯集》。

许浑喜欢游山玩水，登高怀古，经常会生出飘然出世的念头。传说许浑有一次忽然生了大病，不省人事，亲友们环坐身旁却无计可施。到了第三天，许浑突然醒转，当即起身在墙壁上题诗一首："晓入瑶台露气清，座中唯有许飞琼。尘心未尽俗缘在，十里下山空月明。"良久之后，许浑这才说道："昨夜梦中到了瑶台，见有仙女三百多人，其中有一人自称许飞琼，说：'您不能再往前走了，请回去吧。'于是，就好像有人引路一般，我就回来了。"后来许浑又梦到那位仙女责备自己说："你为何将我的名字写在人间？"许浑便将"座中唯有许飞琼"一句改为"天风吹下步虚声"。

⊙ 注讲

[1]诗题一作《咸阳城西楼晚眺》。咸阳：秦汉都城，在唐代隔渭河与长安相望。许浑于咸阳城楼登高远眺，怀古咏叹，故有此诗。

[2]蒹葭（jiān jiā）：芦苇。汀洲：水中的小洲，一般为江南的地理特色。许浑家在江南，此刻由"蒹葭杨柳似汀洲"生出家国之思。

[3]作者自注："（咸阳城）南近磻溪，西对慈福寺阁。"日沉阁：夕阳隐没于慈福寺阁之后。

[4]鸟下绿芜秦苑夕，蝉鸣黄叶汉宫秋：咸阳城曾为秦汉两代都城，历尽繁华，如今在秋天的暮色下只有一派萧索。

[5]行人莫问当年事，故国东来渭水流：这一联感慨物是人非，只有渭水依旧东流。行人：行旅之人，这里是作者自指。当年事：指秦、汉的兴亡交迭。

◈ **名句**　山雨欲来风满楼。

九日齐山登高 [1]

杜 牧

江涵秋影雁初飞，与客携壶上翠微。[2]

尘世难逢开口笑，菊花须插满头归。[3]

但将酩酊酬佳节，不用登临恨落晖。[4]

古往今来只如此，牛山何必独沾衣。[5]

❖ 诗人小传

杜牧（803—852），字牧之，号樊川居士，唐文宗大和二年（828）进士及第，职官履历中最重要的一节是在淮南节度使牛僧孺幕府任掌书记。淮南府下辖扬州，扬州是当时一座极尽繁华的城市，不亚于京城长安，尤其是美女如云，而杜牧年轻英俊，才华横溢，在扬州的声色场里可谓如鱼得水，牛僧孺收到的巡街官报告杜牧在妓院里平安无恙的帖子堆满了书箱。后来杜牧担任御史，分司洛阳，风流依然不改。一次李司徒宴请朝廷官员，因为杜牧担任御史，负责监察百官，出于避嫌的考虑便没有邀请他，没想到杜牧主动暗示李司徒，让他邀请自己。

杜牧之所以如此，是因为他早就听说李司徒家里的歌女堪称洛阳第一。杜牧赴宴时，指名要一名叫紫云的著名歌女表演歌舞，随即赠诗一首给紫云道："华堂今日绮筵开，谁唤分司御史来。忽发狂言惊四座，两行红袖一时回。"杜牧意态萧闲，旁若无人，满座皆惊。

杜牧虽是诗人，却好谈兵，钻研兵法之后为《孙子》做注，即今传"十一家注孙子"之一。杜牧为官的风格颇似私生活的风格，敢言无忌，率直不拘，只是对功名并不豁达。杜牧因为从兄杜悰屡屡出将入相，自己的仕途却始终不畅，时常郁郁寡欢。

杜牧终年50岁，临死之前为自己写了墓志铭，又大量焚毁了自己平生所著的诗文。然而晚唐诗坛毕竟以杜牧和李商隐为两座高峰，人们将杜牧称作"小杜"以与杜甫区别，又将杜牧和李商隐合称"小李杜"以与李白、杜甫区别。

⊙ **注讲**

[1]九日：即旧历九月九日重阳节，古时有登高、饮菊花酒的风俗。唐武宗会昌五年（845），杜牧任池州刺史，于重阳节和友人登池州附近的齐山，有感而赋此诗。

[2]翠微：青翠的山色，代指山。

[3]菊花须插满头归：表示旷达而不拘礼法之态。重阳节有赏

菊、喝菊花酒的风俗。

[4]这一联暗用陶渊明的典故。陶渊明曾在重阳节苦于无酒，在宅子旁边摘了一把菊花，久久向路口张望。果然有白衣人至，是受王弘的委托送酒来的。陶渊明当即便饮，一直喝到酩酊大醉。

[5]牛山何必独沾衣：用齐景公牛山下涕之典。据《晏子春秋》记载，齐景公游于牛山，向北眺望齐国的国都，忽然流泪说："若何滂滂去此而死乎！"这是感叹人生短暂，国土与富贵都不能长久拥有。"古往今来只如此，牛山何必独沾衣"是说人生短暂、快乐易逝的体味是古往今来人类共有的，自己又何必像齐景公那样独自伤心而不可释怀呢？

◎ **名句** 尘世难逢开口笑，菊花须插满头归。

齐安郡中偶题（二首之一）[1]

杜　牧

两竿落日溪桥上，半缕轻烟柳影中。[2]
多少绿荷相倚恨，一时回首背西风。

⊙ **注讲**

[1]齐安郡：指黄州。唐高祖把隋朝的郡改为州，唐玄宗又把州改为郡，唐肃宗再把郡改为州，所以唐代的每个州都有郡名，每个郡也有州名。杜牧写这首诗时正值仕途失意，外放为黄州刺史。偶题：表明这首诗是偶然情况下的即兴之作。这组诗一共两首，第二首也道出了同样的抑郁哀声："秋声无不搅离心，梦泽蒹葭楚雨深。自滴阶前大梧叶，干君何事动哀吟。"

[2]两竿落日：落日距离地平线尚有两竿的距离。"竿"是计算太阳高度的量词，常用词如"日上三竿"。

◇ **名句** 多少绿荷相倚恨，一时回首背西风。

这一联不但写出了荷花独有的神采，而且巧妙地衬出了诗人的情绪，历来被推举为咏荷诗句的典范，是表现"写物之工"的极佳例证。苏轼说"诗人有写物之工"，董其昌解释这句话说："桑之未落，其叶沃若。"这句诗只能描写桑树，没法用在别的树身上；"疏影横斜水清浅，暗香浮动月黄昏"，这只能是咏梅，不可能是咏桃李；"无情有恨何人见，月冷风清欲堕时"，这只能是咏白莲，不可能是咏红莲的诗。

"疏影横斜水清浅，暗香浮动月黄昏"是林逋传诵千古的名句，但它是从五代诗人江为的"竹影横斜水清浅，桂香浮动月黄昏"改来的，仅仅把"竹"改成了"疏"，把"桂"改成了"暗"。为什么江为的原作反而默默无闻呢，江为那两句诗虽然漂亮，但并没有道出竹子和桂花无可替代的特点，而林逋仅仅改了两个字，却道出了梅花无可替代的特点，这也就是苏轼所谓的"写物之工"。

范温也早就说过类似的观点，说他行走蜀道，路经筹笔驿，这是传说中诸葛亮北伐驻军之处，前人吟咏很多，比如石曼卿"意中流水远，愁外旧山青"，久已脍炙人口，但这诗用在别处山水上也是一样的，只有李商隐的诗"猿鸟犹疑畏简书，风云常为护储胥"才切合筹笔驿其地，切合诸葛亮其人。

226

齐安郡后池绝句[1]

杜 牧

菱透浮萍绿锦池，夏莺千啭弄蔷薇。[2]
尽日无人看微雨，鸳鸯相对浴红衣。[3]

⊙ 注讲

[1]齐安郡：见《齐安郡中偶题》注讲[1]。这首绝句描绘夏日里一座池塘的风景，在清新淡雅、诗中有画的一方面不逊于王维，但又添了王维写不出的颇具聪慧的情趣。

[2]菱：一年生水生草本植物，叶子略呈三角形，叶柄有气囊，夏天开白色的花。蔷薇：初夏开花，有红、粉红、白、黄等多种颜色。这一联直接描绘颜色的虽然只有一个"绿"字，但其实写出了相当绚烂而富有生机的色彩，而接下来，在下一联里，就要以这些色彩为烘托，凸显出鸳鸯羽毛上的红色。只有体会出色彩的点染之法，才能体会出这首诗妙在何处。

[3]红衣：鸳鸯的红色羽毛。

◇ 名句　尽日无人看微雨，鸳鸯相对浴红衣。

题齐安城楼[1]

杜 牧

鸣轧江楼角一声，微阳潋潋落寒汀。[2]
不用凭栏苦回首，故乡七十五长亭。[3]

⊙ **注讲**

[1]齐安：齐安郡，参见《齐安郡中偶题》注讲[1]。

[2]鸣轧：象声词，号角吹响时的声音。古时在城楼吹号角以报时。微阳：黄昏时光线微弱的太阳。潋潋（liàn）：冉冉。汀（tīng）：水边平滩。

[3]长亭：古代郊野的地方给路人歇脚盖的亭子，也有的就是驿站，庾信《哀江南赋》有"十里五里，长亭短亭"，所以"亭"和"路"是联系在一起的，所谓"长亭外，古道边，芳草碧连天"。人们送别会在长亭，行路之人思乡也会望望一路上的长亭短亭，李白"何处是归程，长亭更短亭"。所以短长亭就有了惜别和思乡这两个意象。故乡：指长安，黄州距离长安两千二百五十五里，而驿站的规划标准是每隔三十里一驿，每驿有

亭，算下来正合"七十五"之数。从音律上看，"故乡七十五长亭"是一种破格，从文义上应该断成"故乡七十五｜长亭"，是前五后二的结构，实际读起来却还得按照前四后三的结构读作"故乡七十｜五长亭"，这种冲突感为诗句增加了特殊的韵味。

泊秦淮 [1]

杜 牧

烟笼寒水月笼沙，夜泊秦淮近酒家。

商女不知亡国恨，隔江犹唱后庭花。[2]

⊙ **注讲**

[1]秦淮：即秦淮河，南京名胜，相传秦始皇为了疏通淮水而开凿了这条河道，故称秦淮河。

[2]商女：歌女。古人以五音与四季相配，因为商音凄厉，与秋天的肃杀之气相合，故此以商音配秋季，称为商秋，秋风也因此被称为商风；唐代有著名歌女名叫杜秋娘，后来人们对歌女通称为秋娘或秋女。歌女可称秋女，秋可称商，故而歌女又可称为商女。

后庭花：即著名舞曲《玉树后庭花》，相传为陈后主所作。陈后主因耽于声色而亡国，《玉树后庭花》便被人们认为是亡国之曲，亦作为惑人心志的靡靡之音的通称。在古代，人们并不会苛责歌女"不知亡国恨"，杜牧之所以这样写，是因为歌女是为权贵阶层服务的，权贵们爱听什么，歌女就要演唱什么，所以这一联实际是在讽刺上流社会的醉生梦死。

◈ **名句** 商女不知亡国恨，隔江犹唱后庭花。

寄扬州韩绰判官[1]

杜 牧

青山隐隐水迢迢，秋尽江南草木凋。

二十四桥明月夜，玉人何处教吹箫。[2]

⊙ **注讲**

[1]韩绰：是杜牧的同事兼好友，当时在扬州担任判官之职，这首诗是杜牧离开扬州后怀念韩绰而写来寄给他的。

[2]二十四桥：一说扬州有二十四座桥，一说二十四桥即扬州的吴家砖桥，因有二十四名美女在桥上吹箫而得名。玉人：风姿俊朗之人，这里用来形容韩绰。"玉人"这个词我们会想当然地认为是指美女，事实上它是可以男女通称的，尤其在唐代很常见。况且，杜牧这首诗题目就叫《寄扬州韩绰判官》，从寄诗之体例看，玉人也当是韩绰才对。这一联是以玩笑的口吻描写韩绰的风流倜傥，想象他在月色之下的二十四桥上教歌女吹箫。

这是描写扬州月色最有名的两联诗句之一，另一联是徐凝的"天下三分明月夜，二分无赖是扬州"。

题乌江亭[1]

杜　牧

胜败兵家事不期，包羞忍耻是男儿。

江东子弟多才俊，卷土重来未可知。[2]

◉ **注讲**

[1]这首诗是杜牧任池州刺史时所作。乌江亭：传说是项羽兵败自刎之处。

[2]楚汉相争之时，项羽被刘邦围困于垓下，仅率28骑突围，当到达乌江亭的时候，亭长建议项羽从这里渡江回到江东根据地，重新整顿兵马，再与刘邦争锋，而项羽觉得自己带了江东八千子弟征战天下，若只身回到江东，没有脸面见江东父老，于是拒绝了亭长的建议，在刘邦的追兵面前自刎而死。杜牧认为项羽应该渡江，不该对一时的胜败斤斤计较。这一联是成语"卷土重来"的出处。

◈ **名句**　江东子弟多才俊，卷土重来未可知。

赠别（二首之二）[1]

杜 牧

多情却似总无情，唯觉樽前笑不成。[2]

蜡烛有心还惜别，替人垂泪到天明。[3]

⊙ 注讲

[1]这首诗是杜牧在扬州时赠别一位年仅13岁的歌女之作，共有两首，其一为："娉娉袅袅十三余，豆蔻梢头二月初。春风十里扬州路，卷上珠帘总不如。"这正是成语"豆蔻年华"的出处。

[2]樽：一种盛酒的器具。

[3]蜡烛有心还惜别，替人垂泪到天明：这是将蜡烛的"芯"比作有情人的"心"，以蜡烛燃烧时滴落的蜡泪比作有情人的眼泪，修辞巧妙至极。

◈ **名句** 蜡烛有心还惜别，替人垂泪到天明。

几回天上葬神仙，漏声相将无断绝。

天下三分明月夜，二分无赖是扬州。

尘世难逢开口笑，菊花须插满头归。

尽日无人看微雨，鸳鸯相对浴红衣。

商女不知亡国恨，隔江犹唱后庭花。

二十四桥明月夜，玉人何处教吹箫。

江东子弟多才俊，卷土重来未可知。

蜡烛有心还惜别，替人垂泪到天明。

遣　怀[1]

杜　牧

落魄江南载酒行，楚腰纤细掌中轻。[2]
十年一觉扬州梦，赢得青楼薄幸名。[3]

⊙ **注讲**

[1]这首诗是杜牧回顾十年来在扬州的幕僚生活，慨叹往事不堪回首。

[2]楚腰纤细：典出《韩非子》"楚灵王好细腰，而国中多饿人"，这里形容扬州歌女腰肢纤细。掌中轻：典出《飞燕外传》"（赵飞燕）体轻，能为掌上舞"，这里形容扬州歌女身材婀娜，舞姿曼妙。

[3]这一联是杜牧回味十年来在扬州的幕僚生涯，叹息时光荒废，功名一无所成，整日里只是纵情声色，在秦楼楚馆里赢得了薄幸的名声。

◈ **名句**　十年一觉扬州梦，赢得青楼薄幸名。

秋 夕^[1]

杜 牧

银烛秋光冷画屏，轻罗小扇扑流萤。

天阶夜色凉如水，坐看牵牛织女星。^[2]

⊙ 注讲

[1]这首诗描写了一名宫女的寂寞情态，仅片言点染而传神至极，是唐代宫怨诗的典范之作。

[2]天阶：皇宫里的阶梯。"坐看牵牛织女星"与"轻罗小扇扑流萤"都写出了这位宫女在夜深人静时百无聊赖的样子，而秋天的扇子在中国的诗歌意象里本来就与宫怨有关，就连牵牛与织女一年一度的相逢在这位宫女看来也是好过自身之孤独的，可谓用典不着痕迹而含义隽永。秋扇之典，传为汉成帝时班婕妤所作的《怨歌行》："新裂齐纨素，皎洁如霜雪。裁成合欢扇，团团似明月。出入君怀袖，动摇微风发。常恐秋节至，凉飙夺炎热。弃捐箧笥中，恩情中道绝。"扇子材质精良，如霜似雪，形如满月，兼具皎洁与团圆两重意象，"出入君怀袖"自是形影

不离，但秋天总要到的，等秋风一起，扇子再好也要被扔在一边。自此之后，秋扇在诗歌语言里便总是关联着女子的失宠。

商山早行[1]

温庭筠

晨起动征铎，客行悲故乡。[2]
鸡声茅店月，人迹板桥霜。[3]
槲叶落山路，枳花明驿墙。[4]
因思杜陵梦，凫雁满回塘。[5]

❖ **诗人小传**

温庭筠（yún）（约812—约866），本名岐，字飞卿。在中国的正统观念里，温庭筠是"文人无行"的一个典范，才高而德薄，自负而放浪，就算我们可以赏其文，但也一定要做到薄其人。令许多人宽慰的是，温庭筠"无行"的一面终于害了自己，没能在仕途上有所发展，否则的话，晚唐史上也许又会多一个奸臣。

温庭筠是太原人（实际出生地应在江南），年轻时便以诗赋名世。他到京城参加科举考试，很受文人推重，但他性格不大沉稳，整天呼朋唤友，喝酒唱歌，所以科举考试从来没有考取过。

当然，贪玩和学业不一定完全冲突，尤其温庭筠这样的才子，就算再怎么贪玩放浪，诗赋水平也是当世翘楚，但唐朝的科举和宋以后不同，录取的主观随意性相当大，尤其是还没有像宋朝那样普遍实行糊名制度，所以印象分非常重要。推想温庭筠为什么落第，这恐怕才是主要原因。尤其是温庭筠才思敏捷，考写诗的时候经常给邻桌的考生捉刀，号称"日救数人"。应考的诗一共八韵，他叉八次手就能写成，所以人称"温八叉"。唐宣宗曾经赋诗，上句中有"金步摇"，下句想不出合适的词来对仗，就安排落第举子来对，温庭筠对作"玉条脱"，颇受宣宗赞赏。（"金步摇"和"玉条脱"都是女子的饰物，前者是戴在头上的，以金珠点缀，走一步就摇两下，所以叫"金步摇"，白居易《长恨歌》有"云鬓花颜金步摇"，说的就是这个东西；"玉条脱"类似手镯，套在胳膊上，呈螺旋状，两端可松可紧。）

这就算在皇帝那里得到了一个很好的印象分，但好景不长。唐宣宗喜欢微服出游，有一次在旅店里遇到了已经做了官的温庭筠。温才子没能从微服之中看出帝王气象，出口颇为不逊，说："你也就是个司马、长史之流吧？"（司马和长史一般是市级领导的助手，这种位置经常被用来安置闲人，白居易就被贬过江州司马，所以《琵琶行》说"江州司马青衫湿"。）唐宣宗说："不是。"温庭筠口气更狂傲气人："那你就是六参、簿、尉之类了？"（这都是县级以下的吏员职位。）唐宣宗回去之后，下了一道诏书，说孔门以德行为先，文章为末，温庭筠品德不佳，文章再好又有何用？结果把温庭筠贬为方城县尉，温庭筠的政治前途就这样彻底断送了。

五代时期，后蜀赵崇祚编纂了著名的《花间集》，是为中国历史上的第一部词选。虽然1900年在敦煌发现了《云谣集》，夺去了前者"第一"的名号，但以历史影响力而言，《花间集》的"第一"仍然是当之无愧的。《花间集》收录了晚唐至五代十八位作家的五百首词，但不是为了传世，而是作为歌伎和伶人们的标准歌本。这就意味着词作为一种文体，在初现的时候和"言志"的诗完全不在一个层面，潜心写诗的人是受人尊重的，潜心填词的人却要被世人另眼相看。整个唐代唯一潜心填词的人，就是温庭筠。他的词被大量收录在《花间集》里，在无数个纸醉金迷的宴会上被无数名歌女传唱。

⊙ **注讲**

[1] 商山：在今陕西商县东南，汉朝初年有四位隐士在此结伴隐居，号称"商山四皓"，商山因此知名。温庭筠在写这首诗的时候，刚刚离开京城长安，途经商山。

[2] 征铎（duó）：车行时悬挂在马颈上的铃铛。悲故乡：即思故乡。

[3]鸡声茅店月，人迹板桥霜：描写商山下的荒村野店里，旅客被清晨的鸡鸣唤起，天空残月未消，板桥未融的寒霜上留着行人的脚印。

[4]槲（hú）叶：槲树的叶子，这种叶子秋天并不坠落，冬天时仍然存留在枝上，直待第二年新叶发芽时方才脱落，所以"槲叶落山路"点明了写诗时的季节。枳（zhǐ）花：一种落叶小灌木的白花。

[5]杜陵：长安城南汉宣帝的陵墓，这里代指长安。温庭筠此时从长安赴襄阳，途经商山，怀念长安的生活。凫（fú）：野鸭。回塘：岸边弯曲的湖塘。"凫雁满回塘"正是"杜陵梦"的梦境。

◈ **名句**　鸡声茅店月，人迹板桥霜。

这一联里，分别是鸡声、茅店、月、人迹、板桥、霜，六个意象并置在一起，纯粹的名词表达，没有一个形容词，没有一个动词，没有一个虚词，不带作者任何的主观情绪，是中国古典诗歌特有的表现形式。20世纪的英美意象派诗人"发现"了这种中国式的诗歌写法，大力宣扬并热情模仿，在诗坛上兴起了轰轰烈烈的"意象派"运动，这是中西诗歌交流史上的一段佳话。

锦　瑟 [1]

李商隐

锦瑟无端五十弦，一弦一柱思华年。[2]

庄生晓梦迷蝴蝶，望帝春心托杜鹃。[3]

沧海月明珠有泪，蓝田日暖玉生烟。[4]

此情可待成追忆，只是当时已惘然。[5]

❖ 诗人小传

　　李商隐（约813—约858），字义山，号玉谿生、樊南生。当时很有文学名望和政治地位的令狐楚很欣赏李商隐，让他投入自己门下，给他优厚的待遇，还亲自教授他写文章的技法。令狐楚的儿子令狐绹也很欣赏李商隐，在科举主考官面前极力为他美言，使他科举得中。后来在政治斗争中，令狐楚一度失势，被罢免了宰相之职，离开了京城，而令狐楚敌对阵营里的河阳节度使王茂元恰恰也很欣赏李商隐的才能，就在这个时候将李商隐纳入自己的幕府，并把女儿嫁给了他。从此之后，人们认为李商隐品行不端，是一个趋炎附势的小人，纷纷疏远了他，而李商隐的命运也从此发生了转变。

备受排斥的李商隐步入仕途的低谷，在朝廷和节度使幕府之间几经辗转，当他再次来到京城，令狐绹已经做了宰相。李商隐期待令狐绹的帮助，而此时的令狐绹深恨李商隐忘恩负义，拒绝与他见面。在重阳节那天，李商隐来到令狐绹的衙厅，苦苦等待之后终于失望而归，只在衙厅留下题诗说："十年泉下无消息，九日樽前有所思"以及"郎君官重施行马，东阁无因许再窥"，颇有伤感之情。令狐绹因为这两联诗句而动了恻隐之心，便补授李商隐为太学博士。后来李商隐又应剑南东川节度使柳仲郢的聘任去做了幕府判官。

李商隐擅写骈文，精于对仗，技法学自令狐楚而青出于蓝。李商隐每次写作文章时，总要查阅很多书籍，寻找丰富的词语、典故，然后将书排列左右，故而素有"獭祭鱼"之讥。相传水獭在捕鱼之后总是将鱼排列在水边，如同祭祀一般，人们讥讽李商隐写文章堆砌典故，作风正和水獭祭鱼相似。但也有很多人尤其欣赏这种文章，当时还有温庭筠、段成式也写这种风格的文章，而这三人在家族里恰恰都排行十六，人们便将他们三人的文章合称为"三十六体"。

李商隐成名的时候，文坛宗主白居易已经告老退休。白居易很喜欢李商隐的诗文，甚至说过自己死后愿意转生为李商隐之子的话。白居易去世的几年之后，李商隐果然生了儿子，就把儿子取名为"白老"，将他看作白居易的转世之身。

到了北宋初年，杨亿、刘筠等人效仿李商隐的风格写诗，他们的诗歌合集叫作《西昆酬唱集》，所以这种风格被称作西昆体。西昆体的诗歌绮丽繁复，用典深奥，所以金代大诗人元好问评论说"诗家总爱西昆好，独恨无人作郑笺"，意思是说这种诗歌虽然漂亮，但过于令人费解了。但追溯源头，李商隐的诗歌之所以费解，恐怕不仅仅因为他的"獭祭鱼"的特殊手法，也是因为他不再把诗歌当作一种公共语言，而是当作一种私人语言，用以记载一些隐秘的情事，这些情事他很想倾诉却不便直接表白。高阳考证过李商隐的一些无题诗是记述他和妻妹的一段禁恋，但诗歌背后的真相恐怕是人们永远也无法真正搞清楚的。而这种特殊的朦胧感，也恰恰是李商隐诗歌最有魅力的地方。

⊙ **注讲**

[1] 所谓锦瑟，其实就是瑟，加一个"锦"字一是为了字面漂亮，给人一种高贵华美的感觉；二是为了凑成双音节词，这都是诗文当中常见的手法。

[2] 锦瑟无端五十弦：传说瑟这种乐器本来有五十根弦，有一次太帝让素女鼓瑟，觉得音调过于悲伤，就改了瑟的形制，变五十弦为二十五弦。(《史记·封禅书》) 李商隐说锦瑟"五十弦"，说的是传说中的瑟的古制。"五十弦"可以代指瑟这种乐

器，这就是唐代的一个诗歌套语，并没有什么深刻的含义。但是，太帝破五十弦为二十五弦的传说给瑟这种乐器定下了一个悲恸的调子，给这首《锦瑟》也定下了一个悲恸的调子。

"一弦一柱思华年"，所谓"柱"，是琴瑟上系弦、调弦的小木棍。这句诗是以"一弦一柱"指代一音一节，是说诗人从锦瑟奏响的旋律里勾起对青春往事的浮想联翩。所谓"华年"并不等于现代汉语里的"年华"，它其实是"花年"，因为"花"就是"华"，汉字里本来没有"花"字，"花"是后起的俗字，后来约定俗成，才在"花"这个义项上取代了"华"。所以"华年"用在人的身上，特指青春年少的美好时光。这一联的意思是说：诗人听到锦瑟的旋律，想到了逝去的青春。

[3]庄生晓梦迷蝴蝶：即《庄子·齐物论》里梦蝶的故事：庄周回忆自己曾经梦为蝴蝶，悠然畅快地飞舞，完全忘记自己是谁了，忽然醒觉之后，惊奇地发现自己还是庄周。这一刻真是令人恍惚，不知道是庄周梦为蝴蝶呢，还是蝴蝶梦为庄周？庄子讲述梦蝶的故事，本是为了说明"物化"这个哲学观念，但诗人不搞得那么深刻，只是用它来形容一种似梦似真、疑真疑幻的感觉。此刻沉浸在锦瑟的音乐声中，水样流去的锦样年华在眼前依稀看见，是青春的自己梦到中年听琴，还是中年的自己梦到青春往事，如同庄周梦蝶，恍惚间无从分辨。

望帝春心托杜鹃：望帝是传说中古蜀国的国君，名叫杜宇，后来国破身死，魂魄化为杜鹃鸟，啼声悲切，让人不忍卒听，尤其是，杜鹃的啼声很像是"不如归去"，因此，诗词中凡是涉及"归去"的意思，总难免以杜鹃的啼声来衬托。春心：或指春天的心境，或指男女相思的情怀。

[4]沧海月明珠有泪：这一句把两则和珍珠有关的传说嫁接到了一起：一则是说海里的珍珠和天上的月亮一同圆缺，每到月圆之夜，就是珍珠最晶莹的时候，李商隐另有一首《题僧壁》说"蚌胎未满思新桂，琥珀初成忆旧松"，用的就是这则典故；另一则是说南海有所谓鲛人，他们哭出来的眼泪会凝结成珍珠，成彦雄有一首《露》，用鲛人流泪成珠来形容荷叶上的露水："疑是鲛人曾泣处，满池荷叶捧真珠。"

蓝田日暖玉生烟：长安县东南有一座蓝田山，盛产玉石，也称玉山。晋代陆机在《文赋》里有一联名句："石韫玉而山辉，水怀珠而川媚。"应该就是"沧海"一联之所本。玉的特点是光洁温润，玉石蕴藏在山中，在日光之下，隐隐然有一种光晕冉冉升腾。古人相信伟人和宝物、宝地都会发出一种常人很难辨认的"气"，所以有"望气"之说，"珠光宝气"这个词就是这么来的，"沧海"一联正好前一句讲珠光，后一句讲宝气。

[5]此情可待成追忆，只是当时已惘然：句中"可"借作"何"，所以"可待"就是"何待""怎待"。这一联的意思是：此情难道要等到追忆的时候才觉得惘然吗？只在当时便已经这样觉得了。

◎ **名句** 沧海月明珠有泪，蓝田日暖玉生烟。

这一联堪称古代"朦胧诗"的典范，只让人觉得很美，却说不清意思究竟何指。叶嘉莹的评述可以参考："私意以为义山乃借两种不同的意象来表现人生中种种不同的境界和感受，所以这两句乃处处为鲜明之对比，因为唯有在对比中才能夸张地显示出境界之不同的多种变化之可能性；如此则无论其为明月之寒宵，无论其为暖日之晴昼，无论其为寥落苍凉之广海，无论其为烟岚罨霭之青山，无论其为珠有泪的凄哀，无论其为玉生烟的迷惘，凡此种种乃都成了诗人一生所经历的心灵与情感之各种不同境界的象喻。"（《迦陵论诗丛稿》）

重过圣女祠[1]

李商隐

白石岩扉碧藓滋，上清沦谪得归迟。[2]

一春梦雨常飘瓦，尽日灵风不满旗。[3]

萼绿华来无定所，杜兰香去未移时。[4]

玉郎会此通仙籍，忆向天阶问紫芝。[5]

⊙ **注讲**

[1]李商隐一共写过三首《圣女祠》，其中两首七律，一首五言排律，同样扑朔迷离，但含义各不相同。圣女祠是实有其地，还是一个泛称，是一处怎样的所在，研究者们有过许多推测。纪晓岚以为三首《圣女祠》都和女道士有关，《重过圣女祠》写得最好，李商隐大概是在这里遇到了某位漂亮的女道士，发生了一些感情故事吧，所以借着写圣女来写自己的恋爱。这是一个颇有根据的猜测，因为唐代奉道教为国教，所以修道的风气很盛，公主就多有出家修道的，而公主一去，自然会跟着一大群宫女服侍，天之骄女们不甘寂寞，每每会搞出一些桃色新闻来；新皇帝继位的时候，也会大量

遣出先皇的侍女，安排她们出家修道，一辈子就老死在道观里了；男人们也愿意主动修道，一来是风气所尚，二来修道是个做官的捷径，一旦隐居出名声来，会被朝廷直接征召，这要比考进士熬资历快捷得多，而且隐居修道还可以参加一种特殊的科举考试，比考正式的明经科、进士科容易得多。李商隐在年轻时也曾上山修道，还和一对道姑姐妹有过暧昧的关系，但这毕竟触犯了社会禁忌，如果写在诗里，措辞自然要极尽含蓄。所以，纪晓岚的这个推测，既有唐代的社会背景做依据，也有李商隐的个人背景做依据。但是，这都不是直接证据，只是给出了一个可能性的方向。如果我们以现代的眼光，在大体上就诗论诗来看，这首诗至少有两重自洽的含义：一是恋情，二是身世。

这首诗的写作时间，一般被定在大中十年（856），李商隐44岁。五年之前，李商隐入蜀，做了东川节度使柳仲郢的幕僚，而此时柳仲郢被调入京师，就任吏部侍郎，大约相当于现在的中组部副部长，掌管官吏任免的工作，这是一个很有实权的职位。李商隐随柳仲郢自蜀入朝，从路线来看，应该会经过陈仓和大散关之间的圣女祠，"此路向皇都"，再往前走就到长安了。

[2]白石岩扉碧藓滋：这一句写的是圣女祠的外景，不是柴扉，而是岩扉，这是仙家特有的风貌；碧绿的苔藓在白色的岩扉旁滋长，显然这里已经荒凉冷落了。上清：道家有所谓三清之境，即玉清、上清、太清，分别是圣人、真人、仙人的居所，这里以上清喻仙人被谪于人间，迟迟不得归，任白石岩扉生满了苔藓。

[3]梦雨：形容春雨淅淅沥沥，绵长不绝，如梦似幻。灵风：轻灵的风，亦指好风。

[4]萼绿华：有仙女名叫萼绿华，曾在晋代夜访过修道的羊权。关于这次访问，有两种不同的说法，一种是颇为正统的道家之言，说萼绿华给羊权讲了很多修道的道理，然后给了他仙家尸解之药，然后隐遁不见；另一种说法就很世俗化了，说萼绿华看上去20岁上下，美艳绝伦，在升平三年十一月十日的夜里降于羊权的家里，从此常和羊权往来。她说自己本姓杨，赠给羊权一首诗，还有一条火浣布手巾（大概这种布脏了之后可以放进火里来洗）和一枚金条脱（一种手镯）。萼绿华叮嘱羊权："你可别把我的事说出去，否则咱们两个都会获罪。"寻访这位萼绿华的底细，应该就是九疑山中一位叫作罗郁的得道女子，因为杀了人，所以被贬到人间。

杜兰香：也是一位仙女，她的故事也有不同的说法。唐代的《墉城集仙录》中说：杜兰香是湘江一名渔夫收养的孩子，长到十多岁的时候，美得不像凡间女子。一天，天上有童子降临，把杜兰香带走了，她再降人间就是在洞庭包山的张硕家了。《搜神记》的记载比较详细，说杜兰香本是汉朝人，在建业四年的春天来找张硕。张硕当时17岁，看见她把车子停在门外，派婢女来通报说："母亲让我来这里嫁给郎君，我怎能不听从呢？"张硕就请杜兰香进来，见她十六七岁的模样，但讲的事情都很久远。杜兰香吟了一首诗，说自己的母亲住在灵山，常在云间遨游，还劝张硕接纳自己，否则会有灾祸。那年八月的一个早晨，杜兰香又来了，吟诗劝说张硕修仙，给了他三颗鸡蛋大小的薯蓣，说吃下之后可以让人不怕风波和疾病。张硕吃了两个，本想留下一个，但杜兰香不同意，说："我本来是要嫁给你的，只是我们的寿命有悬殊，是个缺憾。你把三颗薯蓣都吃掉，等太岁到了东方卯的时候，我再来找你。"

"萼绿华来无定所，杜兰香去未移时"，这一联的第一层意思是：虽然同是仙女，萼绿华和杜兰香都可以自由来去，反衬出只有圣女祠中沦谪的圣女仍然滞留人间，无由回到天界。至于第二层意思，归纳一下萼绿华和杜兰香的共同点，就会发现她们都曾经沦谪人间，但也都回返仙界了，这正好是反衬圣女的地方：曾经沦谪的姐妹们都一一回去了，为什么只有圣女到现在还没能回去呢？还有第三层意思，是用观其朋而知其人的手法，既然萼绿华和杜兰香都是圣女的仙家姐妹，圣女自然也是这两位仙女一般的美貌、一般地与人间男子有染吧？这位人间男子又会是谁呢？也是像羊权、张硕一样的人物吗？

[5]玉郎：就是一个仙家官衔，具体还分领仙玉郎、直真玉郎等，和"仙籍"有关的应该就是领仙玉郎。一般注本都引《金根经》，说领仙玉郎负责掌管仙家的人事档案（"仙籍"）。"通仙籍"是说获得了仙人的身份，这是从官场术语发展来的，科考入仕谓之"通籍"。"紫芝"是一种罕见的灵芝，传说服之可以升仙，

"问紫芝"比喻求仙修道的生活。在《金根经》的记载里，每年正月一日、七月七日、九月九日，玉晨元皇、太极真人和领仙玉郎会在东华青宫校订真仙簿录，对那些修真之人，有学习认真的，就派玉童玉女保护他们；有不好好学习的，被玉童把情况汇报上来，不但要给他们除名，还要严加处罚。而那些道术修成的人，到东华青宫报到，经过一连串的引见程序，领仙玉郎会给他们登记备案，从此就进入仙家的正式编制了。

"玉郎会此通仙籍，忆向天阶问紫芝"，这一联字面上最通顺的解释应该是：尾联陷入遥远的回忆，那时候，领仙玉郎和圣女就在此地相会，批准她成为仙界的一员，圣女在天阶之上和仙侣们聊着仙家掌故，何等快乐。这是以被谪之前的天界生涯反衬如今的沦谪人世，因为沦谪人世的无穷苦闷而怀念当初天界生活的无比快乐。那么，所谓天界的快乐生活，有什么隐喻色彩吗？这就给读者以相当的想象空间。我们可以想象诗人在怀念曾经的一段爱情，或许是某位女冠甘心抛开了一切约束来与自己相恋，而结果呢？也许没有任何结果，两个人天各一方，共同拥有着一段甜美的回忆，等风云变幻，等岁月蹉跎。我们也可以想象诗人自觉不自觉地把身世之悲代入了圣女的故事，自己本应是天上的星宿，是仙界的真人，却不知为何被贬谪到这污秽的人间，在政局的翻云覆雨里，在人事的钩心斗角里辛苦地生活着。这个世界与自己是如此格格不入，是如此入不了自己那一双干净的眼睛。而哪里才是属于自己的世界呢？

夜雨寄北[1]

李商隐

君问归期未有期，巴山夜雨涨秋池。[2]
何当共剪西窗烛，却话巴山夜雨时。[3]

⊙ **注讲**

[1]诗题一作《夜雨寄内》，是李商隐在湖北、四川一带旅行时写给妻子的。

[2]巴山：泛指蜀地群山。

[3]何当：何时。

◈ **名句** 何当共剪西窗烛，却话巴山夜雨时。

宿骆氏亭寄怀崔雍崔衮[1]

李商隐

竹坞无尘水槛清，相思迢递隔重城。[2]
秋阴不散霜飞晚，留得枯荷听雨声。[3]

⊙ **注讲**

[1]骆氏亭：长安春明门外有骆骏所筑的池馆，称为骆亭。崔雍、崔衮都是崔戎之子，李商隐曾经受知于崔戎。

[2]竹坞：生有竹子的池边高地。水槛：临水的栏杆。相思：指思念崔氏兄弟。古人用"相思"一词含义较现代为广，亲友之间的思念也可叫作相思。迢递：遥远。重城：指长安城。

[3]这一联暗示李商隐在秋夕因思念崔氏兄弟而夜不成眠，听着雨水打在枯荷上的声音。

◇ **名句** 秋阴不散霜飞晚，留得枯荷听雨声。

这一联尤其因为《红楼梦》的情节而著名（《红楼梦》中"枯荷"作"残荷"）。《红楼梦》第四十回《史太君两宴大观园 金鸳鸯三宣牙牌令》，贾府诸人游船玩乐，船行处见到有些枯荷，于是"宝玉道：'这些破荷叶可恨，怎么还不叫人来拔去？'宝钗笑道：'今年这几日，何曾饶了这园子闲了一闲，天天逛，那里还有叫人来收拾的工夫呢？'黛玉道：'我最不喜欢李义山的诗，只喜他这一句：留得残荷听雨声。偏你们又不留着残荷了。'宝玉道：'果然好句，以后咱们就别叫人拔去了。'"

无题（二首之一）

李商隐

昨夜星辰昨夜风，画楼西畔桂堂东。

身无彩凤双飞翼，心有灵犀一点通。

隔座送钩春酒暖，分曹射覆蜡灯红。[1]

嗟余听鼓应官去，走马兰台类转蓬。[2]

⊙ 注讲

[1]隔座送钩，分曹射覆：都是酒宴上的集体游戏，送钩是传递物件让人来猜，射覆是将物件盖住让人来猜。分曹：即分组。

[2]嗟：嗟叹。鼓：晨鼓，晨鼓响时提醒诗人上班的时间到了。兰台：秘书省的别称，当时李商隐正在秘书省任职。这一联是说在通宵达旦的欢宴中忽然听到了晨鼓响起，可叹自己马上又要离开宴席去秘书省上班，就像身不由己的飘蓬一样。

◎ **名句** 身无彩凤双飞翼，心有灵犀一点通。

这一联原是说李商隐在一次通宵达旦的欢宴上与一名女子暗通款曲，虽然不得交谈亲近却心心相印，后来人们多用这一联诗句形容两地相思。

无题（四首之一）

李商隐

来是空言去绝踪，月斜楼上五更钟。

梦为远别啼难唤，书被催成墨未浓。[1]

蜡照半笼金翡翠，麝熏微度绣芙蓉。[2]

刘郎已恨蓬山远，更隔蓬山一万重。[3]

⊙ 注讲

[1]这一联写梦醒之后，第一个念头就是提笔给情人写信，匆忙得连墨都不曾磨浓。

[2]金翡翠：指金线绣成的有翡翠图案的帷帐。麝熏：麝香的香气。微度：微微透过。绣芙蓉：帷帐上的荷花图案。

[3]刘郎：东汉时候，刘晨、阮肇进天台山采药，在桃溪边上遇到了两位美女，郎情妾意之后就住了下来。半年之后，这两位饱享艳遇的男人起了思乡之心，美女倒也体贴，指示给他们回乡之路，便由他们回去了。两人回到家里，才发现物是人非，家里现在住的是自己的第七世重孙，这才知道自己遇到了仙女。再回

山时，却再也找不到自己的露水妻子了。这一联诗句中的刘郎即刘晨，用作李商隐自己的代称。这一联是说刘晨虽然想再见仙女一面，只恨仙山遥不可及，而如今自己与情人的距离比刘晨与仙山的距离更远。

◇ **名句**　刘郎已恨蓬山远，更隔蓬山一万重。

无题（四首之二）

李商隐

飒飒东风细雨来，芙蓉塘外有轻雷。[1]
金蟾啮锁烧香入，玉虎牵丝汲井回。[2]
贾氏窥帘韩掾少，宓妃留枕魏王才。[3]
春心莫共花争发，一寸相思一寸灰。

⊙ **注讲**

[1]芙蓉塘：即荷塘，在诗歌中常指男女欢会之所。轻雷：双关语，既指轻微的雷声，也让人联想到情人的车声（古人常以雷声比喻车声）。

[2]金蟾：蟾蜍形状的香炉。锁：指香炉的鼻钮，可以开启以填放香料。玉虎：玉石装饰的虎状辘轳。牵丝：在辘轳上牵绳打水。这一联描写女子的幽居生活，修辞带着爱情的隐喻："香""丝"，谐音"相思"，香炉和辘轳也是诗歌套语中和恋情联系在一起的意象。

[3]贾氏窥帘韩掾少：晋朝韩寿风姿俊朗，在贾充手下做事，

263

他去贾充家里的时候，贾充的女儿隔着帘子偷看他，不禁爱上了韩寿，把皇帝赐给父亲的高级香偷偷送给了他，两人于是私通，后来贾充闻见韩寿身上的香料气味，查知了实情，就把女儿正式许配给了韩寿。掾（yuàn）：僚属，副官。韩寿做贾充的僚属，故称韩掾。

宓妃留枕魏王才：宓妃即曹丕的夫人甄氏，以美貌著称。曹植曾经向父亲请求娶甄氏为妃，曹操却将甄氏配给了曹丕。后来甄氏因谗而死，曹丕将她的遗物金缕玉带枕送给了曹植。曹植离开京城回返封国，途中经过洛水，在金缕枕上梦见甄氏向自己倾诉相思，醒来后感其事而作《感甄赋》，后来魏明帝将《感甄赋》改名为《洛神赋》。宓（fú）妃原为伏羲之女，溺死于洛水，死后为洛水之神，即洛神，代指甄氏。

◇ **名句** 春心莫共花争发，一寸相思一寸灰。

无　题

李商隐

相见时难别亦难，东风无力百花残。

春蚕到死丝方尽，蜡炬成灰泪始干。[1]

晓镜但愁云鬓改，夜吟应觉月光寒。[2]

蓬山此去无多路，青鸟殷勤为探看。[3]

⊙ 注讲

[1]丝：谐音"思"。"春蚕到死丝方尽"是说相思之情至死方休。

[2]这一联是设想所思女子的情态。

[3]蓬山：蓬莱山，传说中的道家仙山，这里代指恋人的居处，强调其可望而不可即。青鸟：《汉武故事》中载西王母会汉武帝，有青鸟先到殿前。后人就以"青鸟"代称使者。看，读作kān。

◇ 名句　春蚕到死丝方尽，蜡炬成灰泪始干。

这一联原本是形容男女相思，后来多用于形容鞠躬尽瘁。

十年一觉扬州梦，赢得青楼薄幸名。

鸡声茅店月，人迹板桥霜。

沧海月明珠有泪，蓝田日暖玉生烟。

何当共剪西窗烛，却话巴山夜雨时。

秋阴不散霜飞晚，留得枯荷听雨声。

身无彩凤双飞翼，心有灵犀一点通。

刘郎已恨蓬山远，更隔蓬山一万重。

春心莫共花争发，一寸相思一寸灰。

碧城（三首之一）[1]

李商隐

碧城十二曲阑干，犀辟尘埃玉辟寒。[2]

阆苑有书多附鹤，女床无树不栖鸾。[3]

星沈海底当窗见，雨过河源隔座看。[4]

若是晓珠明又定，一生长对水晶盘。[5]

⊙ 注讲

[1]这一组诗是李商隐诗歌里著名的难解之作，扑朔迷离，藏着某个不可捉摸的爱情故事。碧城："碧霞之城"的简称，是道教元始天尊居住的地方，或许指代着某座道观。唐代女道士极多，且风气开放，道观常常成为爱情萌发的所在。

[2]十二：在语法上可以有两种解释，一是附于上文，组成"碧城十二"这个短语；二是附于下文，组成"十二曲阑干"这个短语。"十二"是一个特殊的数字，是所谓的"天之大数"，这是从岁星（木星）十二年绕天一周而来的。周代制礼，天子的服装、仪仗等等，都会体现这个数字；"十二"还有仙家的意味，

268

《史记》和《汉书》里都提到过"十二楼"，大略就是方士所谓的仙人居所，是为"五城十二楼"。《红楼梦》所谓金陵十二钗也出自"五城十二楼"的典故，把十二钗认作仙女。

"犀辟尘埃玉辟寒"，叙述上承接上文，由外景进入内景。《述异记》记载，有一种神奇的动物叫作却尘犀，它的角可以避尘；《岭表录异》称却尘犀的角可以制作女子的发簪，女子戴上之后，尘土就不会落到头发上。《杜阳杂编》记载，在唐武宗会昌元年（841），夫余国进贡了一种玉石，叫作火玉，赤红色，能发出很强的光，积一些火玉放到鼎的下边，效果和点火一样，可以把鼎里的水烧开。

[3] 阆（làng）苑："阆风之苑"的省称，是传说中西王母的住处，在昆仑山巅。"有书多附鹤"，初看起来，大约有两种解释可以成立，一是把"书"解作"书信"，句意便是仙家的书信多由仙鹤传递；二是把"书"解作"书籍"，句意便是仙家的书籍多由仙鹤帮助检索。女床：即女床山，《山海经》记载女床山上有一种鸟，样子像雉鸡，身上有五彩的斑纹，叫作鸾鸟，鸾鸟一出则天下太平。

[4] 星沈海底当窗见，雨过河源隔座看（kān）：仙家阆苑，昆仑胜境，地势极高，能看到人间看不到的景象。天空破晓了，星星隐没了，隐去了哪里呢？古人以为星星隐到了海底，是为"星沈海底"，而这种奇观在阆苑的窗口就可以看得一清二楚。"河源"到底是黄河的源头，还是银河的源头，并不清楚，而在古人的眼

里，这两者是大有关联的：《荆楚岁时记》提到，汉代张骞为了探寻黄河的源头，曾经乘坐木筏直达天河，还见到了牛郎、织女。但这都不重要，重要的是"雨过河源"是与"星沈海底"一样的奇观，人间虽然难见，在这个阆苑仙境却历历如在目前。

[5]晓珠：即露珠。水晶盘：比喻圆月。这一联的意思是说：如果露珠能够永远晶莹，不会消散，我们这一生一世都会共对那象征团圆的明月。而露珠不可能永远晶莹，很快就会消散，所以我们也只有这露水姻缘，没可能长相厮守。

碧城（三首之二）

李商隐

对影闻声已可怜，玉池荷叶正田田。[1]

不逢萧史休回首，莫见洪崖又拍肩。[2]

紫凤放娇衔楚佩，赤鳞狂舞拨湘弦。[3]

鄂君怅望舟中夜，绣被焚香独自眠。[4]

⊙ 注讲

[1]对影闻声已可怜，玉池荷叶正田田：这一联是说相爱的两个人被环境所迫，相对而不相即，看得到对方的身影，听得到对方的声音，却有一种咫尺天涯的伤感和无奈。"玉池荷叶"出自王金珠《欢闻歌》"艳艳金楼女，心如玉池莲。持底报郎恩，俱期游梵天"和古诗"江南可采莲，莲叶何田田"，营造出一个可以有多种联想的歧义空间："玉池荷叶"既可以是当时当地的实景，也可以是"心如玉池莲"那样的引申，而无论是哪一种联想，都由玉池荷叶的旺盛生机与柔美风光反衬出前一句"对影闻声已可怜"的期待、无奈与孤单。

[2]不逢萧史休回首，莫见洪崖又拍肩：萧史和洪崖都是传说中的仙家人物。萧史擅长吹箫，秦穆公把女儿弄玉嫁给了他，夫妇二人一同修仙，终于乘鸾引凤，升天而去。洪崖是三皇时期的一名伎人，歌唱得很好，后来成了仙，名入《神仙传》。萧史和洪崖，在诗歌语言的典故用法上迥然有别：两个都是神仙人物，而"萧史"非常切合典故的本意，代指女子的如意郎君；"洪崖"却用得随便，和典故背景并没有太紧密的切合，换个其他神仙的名字也可以。这一联的含义是男主角叮嘱女主角：只有见到我的时候你才回头，不要随便和别的男子结识。这个含义，写尽男子内心的焦灼和环境的限制，患得患失之情溢于言表。内容上承接首联的是：这是一场被禁止的恋爱，我们虽然距离很近，可以"对影闻声"，但不能公开有所表示，只有见面时回头示意，把万千心事尽付不言中。

[3]紫凤放娇衔楚佩，赤鳞狂舞拨湘弦：这是最难解释的一联，历代研究者索解其中的用典手法，有说"楚佩"是用郑交甫遇仙的故事，有说是取自楚辞"纫秋兰以为佩"的，有说"赤鳞"一句是用《列子·汤问》"瓠巴鼓琴而鸟舞鱼跃"……但都不能解释妥帖。这一联也许藏了什么私语密码，只有当事人你知我知，也许写得过于含蓄，或者出处是什么极偏僻的典籍，在发现新的证据之前就只能让我们费尽猜疑了。如果不是硬要做出解释的话，坦率承认这一联迄今无解应该是最恰如其分的。但我们仍然可以做出一些合理的推测，首先从律诗章法上看，这一联承

担着转折的任务；接下来沿着转折的感觉来体会字面，颔联"不逢萧史休回首，莫见洪崖又拍肩"情绪上患得患失，写的是对恋人的嘱托，是为一收；颈联"紫凤放娇衔楚佩，赤鳞狂舞拨湘弦"情绪上喷薄放任，似乎是写自己心头的波澜难耐，是为一放。一外一内，一收一放，一位多情的男子身陷一场被禁止的恋爱当中，复杂的心曲被活灵活现地表达了出来。

[4] 鄂君怅望舟中夜，绣被焚香独自眠：传说鄂君子晳泛舟于新波之中，听到摇船的越人在唱歌，却听不懂歌词，便找人翻译成楚国话，才知道歌词是："今夕何夕兮，搴舟中流。今日何日兮，得与王子同舟。蒙羞被好兮，不訾诟耻，心几烦而不绝兮，得知王子。山有木兮木有枝，心说君兮君不知。"歌曲表达的是对鄂君子晳的爱慕之情，于是鄂君子晳"行而拥之，举绣被而覆之"。李商隐这里反用其意，说鄂君子晳一个人拥着绣被，在舟中怅望夜色，言下之意是说：绣被之中本该有两个人，那个人却缺席了，害得自己怅然苦等。

碧城（三首之三）

李商隐

七夕来时先有期，洞房帘箔至今垂。[1]

玉轮顾兔初生魄，铁网珊瑚未有枝。[2]

检与神方教驻景，收将凤纸写相思。[3]

武皇内传分明在，莫道人间总不知。[4]

⊙ 注讲

[1]七夕来时先有期：《汉武内传》载，四月的一天，汉武帝
正在承华殿里，忽然从天上来了一位仙女，说自己叫作王子登，
是王母派来送信的，要汉武帝开始斋戒，七月七日王母要来做
客。汉武帝如言斋戒，到了约定的日子，云中箫鼓之声大作，王
母果然来了。"洞房帘箔至今垂"：大意是说，虽然事先有过见面
的约定，但到了约定的时间，对方却迟迟没有出现。洞房：唐诗
讲到"洞房"，常常是指女子的闺房。

[2]魄：指月亮的阴影部分，"初生魄"即月亮刚刚由圆返
缺而出现阴影的时候。玉轮顾兔：典出《楚辞·天问》"夜光何

德，死则又育？厥利维何，而顾兔在腹"，大意是说：月亮得到了什么呢？可以死而复生；月亮里边有一只兔子，这对它有什么好处吗？

"铁网珊瑚未有枝"典出《本草》，说海边的人们为了采摘珊瑚，会先做一张铁网，把它沉到海底的岩石上，等珊瑚从铁网的网眼里露头的时候把网拖出来。在这一联里，"初生魄"和"未有枝"都象征着同样一个意思，即"萌生"。到底是什么东西萌生了呢？如果想到"顾兔在腹"，就会联想起：是不是女主角珠胎暗结了呢？这个推测稍微大胆了一些，但从上下文联系来看，这层意思确实是呼之欲出的。

[3]景：光、亮光、日光，"驻景"即驻颜、长生不老。《汉武内传》说王母见了汉武帝，送了他长生的神方。检：检封，把一个东西或一封信用信封封起来。凤纸：即《汉武内传》里包着神方的"凤文之蕴"，也就是有着凤凰纹饰的华美的纸张。所以这一联是把一则典故拆在两句里用，是说拿到长生的神方之后，把包裹神方的凤纸收藏起来，用来写相思之词。

[4]武皇内传：这是一本神仙故事书，因为汉武帝是出了名的迷信皇帝，所以就拿他来做故事的主人公。这一联大意是说：那些不想被别人知道的事情其实是很难掩人耳目的，既然做了，就别以为旁人不知道。

《碧城》第三首把意思贯穿下来，和前两首一样，也是不折不扣的爱情主题。首联"七夕来时先有期，洞房帘箔至今垂"是说有约而不来；颔联"玉轮顾兔初生魄，铁网珊瑚未有枝"暗示女方已有身孕；颈联"检与神方教驻景，收将凤纸写相思"点明主人公的道教身份，从第二首的"对影闻声已可怜"来看，这相恋的一男一女应该都是修道之人，道观相邻（道观是男女分设的，就像民国时男校和女校分设一样），可以"对影闻声"，但无法直接表白，互借修炼资料之类的简单联系是被允许的，相思的字句大概也随着这种"明修栈道"而得以"暗度陈仓"；尾联"武皇内传分明在，莫道人间总不知"，应该是意识到火热的恋情是瞒不住的，旁人总会知道，但知道了又会如何呢？是索性冲破束缚、公然来往呢，还是要有什么其他的动作，诗人就没有告诉我们了。这场禁恋究竟会以怎样的结局收场，虽然我们不得而知，但怎么想也很难想出一个光明的答案。

代赠（二首之一）[1]

李商隐

楼上黄昏欲望休，玉梯横绝月如钩。[2]
芭蕉不展丁香结，同向春风各自愁。[3]

⊙ 注讲

[1]代赠：即代拟的赠人之作。这首诗以一个女子的口吻写自己与情人别离后的郁结与相思。

[2]玉梯：阶梯的美称。"玉梯横绝"是说梯子被阻断，自己无法登楼远眺。

[3]芭蕉不展：芭蕉叶子的生长过程是从卷起的状态慢慢舒展开来。丁香结：丁香的花蕾丛生如结。"芭蕉不展丁香结"，这既是写实，写出了芭蕉与丁香这两种植物的特点，又是以它们各自的特点比喻两地相思之苦。

◇ **名句**　芭蕉不展丁香结，同向春风各自愁。

春　雨 [1]

李商隐

怅卧新春白袷衣，白门寥落意多违。[2]

红楼隔雨相望冷，珠箔飘灯独自归。[3]

远路应悲春晼晚，残宵犹得梦依稀。[4]

玉珰缄札何由达，万里云罗一雁飞。[5]

⊙ 注讲

[1] 这首诗写了春雨中戚戚然思念远人的心情。

[2] 白袷（jiá）衣：即白色的夹衣，唐人常穿的休闲服。白门：地名，大约指金陵。意多违：心情多有不畅。

[3] 红楼隔雨相望冷：从下文得知，李商隐此刻所思之人曾在这座"红楼"上生活过，而今已经人去楼空。珠箔：即珠帘。

[4] 春晼晚：春天里的黄昏。晼（wǎn）：太阳将要落山的样子。

[5] 玉珰（dāng）：玉制的耳饰。缄（jiān）札：书信。万里云罗：阴云密布，如同万里之宽的罗网。一雁飞：大雁被古人看作传递书信的使者。这句诗是说自己想将信物托信使交给所思的

女子，但长路漫漫，险阻无数，怕自己的心意终将无法传达。

◇ **名句** 万里云罗一雁飞。

这句诗后来多被人们用来形容一个人在逆境和危机中坚持故我，"雁"变成了主角。

晚　晴^[1]

李商隐

深居俯夹城，春去夏犹清。^[2]

天意怜幽草，人间重晚晴。^[3]

并添高阁迥，微注小窗明。^[4]

越鸟巢干后，归飞体更轻。^[5]

⊙ 注讲

[1] 这首诗描写了晚晴的自然景致，由此生发出身世之感怀，颇具哲理趣味。

[2] 夹城：中间留有通道的双层城墙。"俯夹城"是说所居之处地势很高。春去夏犹清：点明时间正在初夏。

[3] 幽草：幽僻之处的草。怜：怜惜。天意怜幽草：生于幽僻之处的草若久经阴雨便会死去，故而久雨之后的"晚晴"会使幽草恢复生机，故称"天意怜幽草"。

[4] 并添高阁迥：天色放晴之后视野开阔，可以看到更远的地方，仿佛自己所居的高阁距离下面的风光更远了一般。微注小窗

明：晚晴之时黄昏的阳光打进高阁的小窗，增添了几许光亮。

[5]越鸟：南方的鸟，语出《古诗十九首·行行重行行》"胡马依北风，越鸟朝南枝"。"巢干"表现天晴，"归飞"表现天晚，呼应诗题《晚晴》。

◈ **名句**　天意怜幽草，人间重晚晴。

　　这一联后来多被用来形容人应当珍重晚年生活；"晴"又谐音"情"，所以这一联还被用来形容黄昏恋。

安定城楼[1]

李商隐

迢递高城百尺楼，绿杨枝外尽汀洲。[2]

贾生年少虚垂泪，王粲春来更远游。[3]

永忆江湖归白发，欲回天地入扁舟。[4]

不知腐鼠成滋味，猜意鹓雏竟未休。[5]

⊙ 注讲

[1]唐文宗开成三年（838），李商隐去泾州（今甘肃泾县）做泾原节度使王茂元的幕僚，王茂元很欣赏李商隐的才华，把小女儿嫁给了他。李商隐婚后应考博学鸿词科，落第而归，回到泾州继续自己的幕僚生涯，郁郁不乐之下登泾州城楼抒怀，写下了这首《安定城楼》。安定，即安定郡，泾州的别称。

[2]迢递：高峻。汀洲：水边平陆。

[3]贾生年少虚垂泪：贾谊青年时即被汉文帝破格擢升，建议屡被采纳，因此遭到元老大臣们的忌恨，终被排挤出朝廷。贾谊向汉文帝上书有所谓"可为痛哭者一，可为流涕者二"之语，沉

痛恳切，但终于不为所用。李商隐这里以贾谊自比，认为自己应试而不中的心情与贾谊类似。王粲春来更远游：王粲是汉末著名才子，17岁时逃离京城长安到荆州避难，依附于荆州刺史刘表，他曾经于一个春日登当阳城楼作《登楼赋》，痛悼身世。李商隐依附王茂元与王粲依附刘表的境况类似，故而李商隐这里以王粲自比。

[4]这一联是说自己希望能做一番回天转地的事业，然后功成身退，归隐江湖，并无功名利禄之心。

[5]这一联典出《庄子》：惠子在魏国为相，庄子要去看他，结果有谣传说庄子此来是要取代惠子的相位，惠子大为惶恐，一连三日三夜在国中大搜庄子。庄子去见他，说南方有一种鸟，名叫鹓雏，从南海飞到北海，这一路上非梧桐不栖，非练实不食，非醴泉不饮，而一只刚刚捉到腐鼠的猫头鹰却对着飞过头顶的鹓雏发出恐吓式的叫喊，生怕它来抢自己的腐鼠。李商隐当时或是受人猜忌，故而以诗明志。

◈ **名句** 永忆江湖归白发，欲回天地入扁舟。

七月二十九日崇让宅宴作[1]

李商隐

露如微霰下前池，风过回塘万竹悲。[2]

浮世本来多聚散，红蕖何事亦离披。[3]

悠扬归梦惟灯见，濩落生涯独酒知。[4]

岂到白头长只尔，嵩阳松雪有心期。[5]

⊙ 注讲

[1]崇让宅：李商隐的岳父王茂元在洛阳崇让坊的住宅。写这首诗的时候正是李商隐仕途失意之时。

[2]霰（xiàn）：在高空中的水蒸气遇到冷空气凝结成的小冰粒，多在下雪前或下雪时出现。风过回塘万竹悲：形容风穿过竹林时发出的声音仿佛是竹林发出悲声。

[3]红蕖（qú）：红色的荷花。

[4]归梦：当时李商隐的妻子住在长安，李商隐独自在岳父家，夜里思念长安的妻子。濩（huò）落：空虚寂寥。

[5]嵩阳：嵩山之南，古人以山南水北为阳。心期：两心相

许。这一联是说愿意与妻子白头偕老，一起到嵩山隐居。

◈ **名句**　悠扬归梦惟灯见，潦落生涯独酒知。

无题 (二首之一) [1]

李商隐

凤尾香罗薄几重，碧文圆顶夜深缝。[2]

扇裁月魄羞难掩，车走雷声语未通。[3]

曾是寂寥金烬暗，断无消息石榴红。[4]

斑骓只系垂杨岸，何处西南待好风。[5]

⊙ **注讲**

[1]这是李商隐典型的无题爱情诗，写了一名女子对情人的思念。

[2]这一联描写了女子在夜深之时缝制罗帐的情景。凤尾：罗帐上的凤尾花纹。香罗：华美的丝织品。薄几重：罗帐有单层有复层，这是说女子所织的罗帐是复层的。碧文圆顶：有精美花纹的圆形帐顶。

[3]扇裁月魄羞难掩：形容女子含羞以团扇半遮脸面。月魄：月轮无光之处，这里比喻团扇的形状。车走雷声语未通：描写情人的车子从身边经过，两个人却无法互通言语。古人多以雷声比

喻车声。

[4]曾是寂寥金烬暗：描写了夜深人静时的寂寞相思。金烬：金灯台上灯芯的余烬。断无消息石榴红：描写了两情人音讯隔绝，转眼又到了石榴结果的时候。石榴多籽，古人将其用作多子多福的象征。"石榴红"这里有两情人结合无望的暗示。

[5]这一联描写了女子期待情郎前来与自己相会。斑骓：黑白杂色的马。垂杨：杨柳。唐人有折柳送别的风俗，诗中女子想象情郎"斑骓只系垂杨岸"，是想起了当初离别的场景，暗示了情郎一去不回。西南待好风：倒装句，即待西南之好风，典出曹植《七哀》"愿为西南风，长逝入君怀"，这里有相思渴慕的暗示。

和友人鸳鸯之什（三首之一）[1]

崔珏

翠鬣红毛舞夕晖，水禽情似此禽稀。[2]

暂分烟岛犹回首，只渡寒塘亦并飞。[3]

映雾尽迷珠殿瓦，逐梭齐上玉人机。[4]

采莲无限兰桡女，笑指中流羡尔归。[5]

❖ 诗人小传

崔珏（jué），字梦之，生卒年不详，唐玄宗大中年间进士及第，官至侍御史。崔珏的诗风颇有李商隐的华美，他对李商隐也确实极为佩服。李商隐死后，崔珏写过情真意切的诗来悼念他，其中一首写得极好："虚负凌云万丈才，一生襟抱未曾开。鸟啼花落人何在，竹死桐枯凤不来。良马足因无主踠（wǎn），旧交心为绝弦哀。九泉莫叹三光隔，又送文星入夜台。"

⊙ **注讲**

[1]什（shí）：篇什。《诗经·雅颂》以十篇为一组，称为"某某之什"，故此诗篇称为篇什。崔珏的友人写了一组咏鸳鸯的诗，崔珏作了三首同咏鸳鸯的诗与友人唱和（hè），这里选的是第一首。

[2]鬣（liè）：动物颈上的细毛。

[3]这一联是说鸳鸯总是雌雄为伴，哪怕暂时在小岛分开，也会依依不舍地频频回望对方，渡过水塘的时候也永远是结伴而飞。

[4]映雾尽迷珠殿瓦：指雾气中的鸳鸯瓦。中国传统屋瓦有一种两两成对的形式，一俯一仰，形同鸳鸯依偎交合，故称鸳鸯瓦。逐梭齐上玉人机：指美丽的女子在织布机上绣出鸳鸯的图案。梭：织布机的梭子。

[5]这一联是说采莲女子们互相戏谑，羡慕鸳鸯成双成对。兰桡（ráo）：木兰树做成的船桨，这里是对船桨的美称。

◇ **名句**　暂分烟岛犹回首，只渡寒塘亦并飞。

长安晚秋

赵嘏

云物凄清拂曙流，汉家宫阙动高秋。[1]

残星几点雁横塞，长笛一声人倚楼。[2]

紫艳半开篱菊静，红衣落尽渚莲愁。[3]

鲈鱼正美不归去，空戴南冠学楚囚。[4]

❖ 诗人小传

　　赵嘏（gǔ），字承祐，生卒年不详，唐武宗会昌二年（842）进士，只做过渭南尉这样的小官，但文名很大。后来连唐宣宗都久闻赵嘏之名，有一次问宰相说："诗人赵嘏可有担任什么体面的官职吗？可以取他的诗来让我看看。"唐宣宗阅读赵嘏的诗卷，第一首就是《题秦皇》，诗中有"徒知六国随斤斧，莫有群儒定是非"，这是讽刺秦始皇只晓得以武力服人，不肯用儒生治国。唐宣宗觉得赵嘏这是在借古讽今，讥讽自己不重视文士，心中不快，想提拔赵嘏的事便就此作罢。赵嘏曾经写过"早晚粗酬身事了，水边归去一闲人"，成为自己一生仕途偃蹇的诗谶。

赵嘏原先住在润州（今江苏镇江），属浙西节度使管辖。赵嘏家中有一名美貌的侍妾，和赵嘏感情很好。赵嘏进京参加科举考试的时候，就留下这名侍妾来照顾母亲。恰逢中元节，赵嘏的家人一起去鹤林寺游玩，浙西节度使看中了这名侍妾，将她抢回府里。第二年，赵嘏在京城长安考中了进士，得知这个消息之后悲愤不已，作诗道："寂寞堂前日又曛，阳台去作不归云。当时闻说沙吒利，今日青娥属使君。"浙西节度使听说这首诗后，心中惭然，就派人把那名侍妾送到长安，交还赵嘏。当时赵嘏刚出潼关，途经横水驿时与侍妾相遇，侍妾抱住赵嘏痛哭失声，经两夜而死，赵嘏就将她葬在了横水北岸。此后赵嘏一直思念这名侍妾，直到临终之时还仿佛看到她就在眼前。赵嘏死时刚过不惑之年，有《渭南集》传世。

⊙ 注讲

[1]云物：云气的颜色。古人用云气的颜色占卜吉凶。曙流：曙光。汉家宫阙：即唐家宫阙，唐人习惯以汉喻唐。高秋：天高气爽的秋天。

[2]雁横塞：大雁在深秋时节飞过北方的边塞。横：越过。

[3]紫艳半开篱菊静，红衣落尽渚莲愁：描写篱边紫色的菊花半开，颇显静谧的色彩，水渚之上红莲凋谢，撩动人的愁绪。

[4]鲈鱼正美不归去：典出《世说新语·识鉴》：张季鹰在洛阳做官，秋风起时，思念家乡吴中莼菰、鲈鱼的美味，感慨人生贵在适意，何必奔波数千里外以求名位爵禄，于是辞官回乡而去。空戴南冠学楚囚：典出《左传·成公九年》：晋景公视察军府，看到楚国俘虏钟仪，便问看守说："那个戴着南方帽子的囚犯是谁？"看守回答说："是郑国人所献的楚国俘虏。""南冠"和"楚囚"后来都被作为囚犯的代称。这一联的意思是说：在长安的求官生涯不过像囚犯一般，还不如回乡隐居的好。

◈ **名句** 残星几点雁横塞，长笛一声人倚楼。

这一联画面感很强，意境寥廓萧瑟，在当时就很受人称赏，杜牧甚至因此称赵嘏为"赵倚楼"。

小　松 [1]

杜荀鹤

自小刺头深草里，而今渐觉出蓬蒿。[2]
时人不识凌云木，直待凌云始道高。[3]

❖ 诗人小传

　　杜荀鹤（846—907），字彦之，传说唐武宗会昌末年杜牧调任池州刺史时，他的一名已有身孕的侍妾另嫁杜筠，生下的孩子就是杜荀鹤。杜荀鹤早年便享有诗名，人们认为以他的才华考中进士是轻而易举的事情，但他偏偏屡屡应考又屡屡落第，只好写诗自叹："空有篇章传海内，更无亲族在朝中。"认为自己的落第是缺少人脉的缘故，于是想方设法交结权贵，拜见当时权倾天下的梁王朱全忠（朱温）。

　　杜荀鹤生活的时代正是晚唐向五代的过渡期，梁王朱全忠即将倾覆唐朝而建立后梁政权。在梁王朱全忠当权的时候，杜荀鹤总算时来运转，深受梁王的器重。有一次杜荀鹤正在陪伴梁王，突然天空无云而雨，梁王认为这是天在哭泣，很不吉利，命杜荀鹤即景作诗，杜荀鹤写道："同是乾坤事不同，雨丝飞洒日轮中。若教阴显都相似，争表梁王造化工。"诗写得谄媚，却很聪明，一下子把这个不祥之兆变成了对梁王的歌颂。梁王因此而更加喜欢杜荀鹤，派人把杜荀鹤的名字报给主管科举的礼部，使杜荀鹤终于进士及第，当时杜荀鹤已经46岁了。

杜荀鹤既然有了梁王撑腰，对王公大臣们便开始侮慢起来，文辞之间对他们多有讥讽。王公大臣们很想杀掉杜荀鹤，但最终没有成功。不过杜荀鹤也没有猖狂太久，很快就去世了。好友顾云将他的三百多首诗编纂成集，题为《唐风集》。

⊙ **注讲**

[1]这是一首颇有理趣的诗，以小松自况身世，睥睨世人。

[2]这一联写小松刚刚破土而出的时候只不过和小草一般高，而今渐渐长到蓬蒿那般高了。

[3]这一联感叹世人总是以成败论英雄，当小松还未曾长成凌云大树的时候根本不会重视它，也不相信它将来会长成的高度。杜荀鹤在偃蹇半生而终于发迹之后之所以对王公大臣们侮慢轻视，这首诗正是理解其心态的一条线索。

◈ **名句** 时人不识凌云木，直待凌云始道高。

孤雁（二首之二）[1]

崔　涂

几行归塞尽，念尔独何之。[2]

暮雨相呼失，寒塘欲下迟。[3]

渚云低暗度，关月冷相随。[4]

未必逢矰缴，孤飞自可疑。[5]

❖ **诗人小传**

崔涂，字礼山，生卒年不详，唐僖宗光启四年（888）进士，但没有在仕途上发展，而是终年浪游在陕西、四川一带，写诗思念远在江南的家人却总是不肯回家。崔涂的诗常常深情动人，意趣高远，而且多有警句。

⊙ **注讲**

[1] 这首诗句句写孤雁，字面之外实为诗人以孤雁自况，感怀

自己多年来漂泊无依的寂寞生涯。

[2]尔：指孤雁。之：去。这一联是说好几群大雁结队飞向塞北，而你这一只孤雁究竟要飞向何方呢？

[3]这一联是诗人推测孤雁掉队的原因，想象它在暮雨的寒塘中呼唤同伴，却终于晚了一步。

[4]这一联是描写孤雁的旅程：在逼仄的阴霾里飞行，只有边关的月亮冷冷地陪伴着它。渚（zhǔ）：水中的小洲。

[5]这一联是说孤雁这一路上虽然未必会遭到猎人的射杀，或许并不会遇到任何凶险，但孤零零地远飞总会疑惧不已。矰（zēng）：短箭。缴（zhuó）：系在箭上的生丝绳。

<h1 style="text-align:center">春 夕^[1]</h1>

崔 涂

水流花谢两无情，送尽东风过楚城。^[2]

蝴蝶梦中家万里，子规枝上月三更。^[3]

故园书动经年绝，华发春唯满镜生。^[4]

自是不归归便得，五湖烟景有谁争。^[5]

⊙ **注讲**

[1] 诗题一作《春夕旅怀》，抒写羁旅思乡之情。

[2] 楚城：泛指崔涂旅途所经的楚地。

[3] 蝴蝶梦：典出《庄子》，庄子回忆自己曾经梦为蝴蝶，翩翩飞舞，悠游自得，当真觉得自己是只蝴蝶，而不知道庄周是谁。突然醒觉，自己分明是庄周，不是蝴蝶。这真让人迷惑呀，到底是蝴蝶梦为庄周呢，还是庄周梦为蝴蝶，何者是真，何者是梦？子规：即杜鹃，传说古蜀国灭亡之后，国王杜宇死而化为杜鹃鸟，声声啼血。这一联大意是说，因为身在异乡，思乡心切，梦里仿佛真的回去了，醒来才恍然自己仍在家乡的万里之遥，此

刻夜深人静，只听见子规（杜鹃）在枝头啼叫，而子规又容易让敏感的异乡人想起"子归"的谐音，而游子何时才可以归家呢？

[4]动：动辄。经年：年复一年。华发：花白的头发。这一联是说家乡的书信动辄便一年都收不到，新一个春季里，在镜子中只看到自己头发已经花白。

[5]五湖：古代指太湖一带的湖泊。传说春秋时代范蠡帮助越王勾践灭掉吴国之后，带着美女西施乘舟泛五湖而去。后人以五湖象征归隐。这一联的意思是说，没有任何因素阻隔着自己的还乡之旅，唯一的阻碍只是自己，是自己那颗汲汲于求取功名的心。若是没有了对世俗功名的追求，回乡隐居又有什么难的呢？人们只会在功名的道路上你争我抢，而隐逸的道路始终空荡荡无人相争。

◈ **名句** 蝴蝶梦中家万里，子规枝上月三更。

贫　女[1]

秦韬玉

蓬门未识绮罗香，拟托良媒益自伤。[2]

谁爱风流高格调，共怜时世俭梳妆。[3]

敢将十指夸偏巧，不把双眉斗画长。[4]

苦恨年年压金线，为他人作嫁衣裳。[5]

❖ 诗人小传

　　秦韬玉，生卒年不详，字中明，父亲是京城警卫部队的左军军将。秦韬玉有一身钻营官场的本领，先是给大宦官田令孜吹牛拍马，不到一年就连获升迁，后来护卫唐僖宗到蜀中避难，深得唐僖宗的欢心。在中和二年（882）的科举考试时皇帝钦点秦韬玉进士及第，田令孜又提拔他做了工部侍郎。秦韬玉在当时很有诗名，作品一经写成便会立即被人传诵。他在后世最受称道的一首诗却是在不得志的时候写的，也就是这里选录的《贫女》。这首诗格调高远，取譬不卑不亢，完全看不出是一个善于钻营官场的人写出来的。

[1]诗歌字面上是描写一位贫家女子的出嫁之难，实则是作者托贫女以自喻。秦韬玉当时或在幕府任职，做别人的幕僚，故而有"苦恨年年压金线，为他人作嫁衣裳"之叹。

[2]蓬门：指代贫寒家庭。这一联是说贫女生于寒门，没用过绫罗绸缎，如今想要托媒人嫁人，但想到世人只重富贵而不重品格，自己出嫁的希望渺茫，于是自伤自怜起来。

[3]这一联是说世人都喜欢时下正流行的俭妆，有谁喜爱我不同流俗的格调呢？言下之意是说：世人只重衣冠不重人，贫女所期待的男子实属凤毛麟角。

[4]敢将十指夸偏巧：是写贫女自信女红精湛。不把双眉斗画长：是写贫女自信容貌美丽。

[5]压金线：一种刺绣手法，用金线绣花。衣裳（cháng）：古人穿衣上衣下裳，合称衣裳，今天发音变成了衣裳（shang）。

◈ **名句** 苦恨年年压金线，为他人作嫁衣裳。

寄人（二首之一）[1]

张　泌

别梦依依到谢家，小廊回合曲阑斜。[2]
多情只有春庭月，犹为离人照落花。

❖ 诗人小传

张泌（bì），字子澄，生卒年不详，生平多不可考。张泌生活的时期正是唐末大动荡转入五代割据之时，张泌考中了唐朝的进士，却没办法做一名太平官吏。乱世之中，张泌很可能流落于湖湘一带，有可能受到武安军节度使马殷的器重。张泌擅写言情之作，幸好乱世也不再对诗人坚持"诗言志"的严格要求了；张泌还写小说，流传下来的有《韦安道传》和《妆楼记》，前者在五代时期很受欢迎。

张泌（bì）之名今人一般读作张泌（mì）。古人的名与字在含义上总是呼应的，"泌"（mì）只有"分泌"的意思，"泌"（bì）则是泉水涌出的样子，所以从张泌的字"子澄"可以推知张泌的名字应该读作张泌（bì）。

⊙ 注讲

[1]《寄人》共有两首，传说诗的背后有着一则真实的故事：张泌年少的时候曾经与邻家的一位浣衣女子相好，后来张泌搬了家，很多年再也没有见过那个女子。但是，痴情的张泌始终没有忘记她，他在每一个夜晚都会痴心冥想，让眼前浮现那个女子的模样，于是每天夜里也一定会和她在梦中相遇。张泌的这首《寄人》就是寄给这名女子的，她在见信之后深受感动，但毕竟没法脱身出来去和张泌相聚，只能不住地流泪，悲伤不已。这组诗的第二首是："酷怜风月为多情，还到春时别恨生。倚柱寻思倍惆怅，一场春梦不分明。"

[2]谢家：即谢娘家。"谢娘"在诗歌里总被用作所爱女子的代称。

芭蕉不展丁香结，同向春风各自愁。

永忆江湖归白发，欲回天地入扁舟。

悠扬归梦惟灯见，濩落生涯独酒知。

暂分烟岛犹回首，只渡寒塘亦并飞。

残星几点雁横塞，长笛一声人倚楼。

时人不识凌云木，直待凌云始道高。

蝴蝶梦中家万里，子规枝上月三更。

苦恨年年压金线，为他人作嫁衣裳。

图书在版编目（CIP）数据

美将我们俘虏，更美将我们释放 / 顾非熊著. — 北京：北京联合出版公司，2017.7

ISBN 978-7-5596-0398-2

Ⅰ．①美…　Ⅱ．①顾…　Ⅲ．①唐诗—诗集　Ⅳ．①I222.742

中国版本图书馆CIP数据核字（2017）第108037号

美将我们俘虏，更美将我们释放

作　　者：顾非熊

产品经理：周乔蒙

责任编辑：牛炜征　崔保华

特约编辑：黄川川

内文插画：蒙　中

- -

北京联合出版公司出版

（北京市西城区德外大街83号楼9层　　100088）

北京联合天畅发行公司发行

北京旭丰源印刷技术有限公司印刷　　新华书店经销

字数：189千字　　787mm×1092mm　1/32　　印张：10

2017年7月第1版　　2017年7月第1次印刷

ISBN 978-7-5596-0398-2

定价：68.00元

- -